'नीरज'
एक जीवित किंवदंती

संपादक
सफलता 'सरोज'

प्रबन्ध सम्पादक
पवन जैन

सन्मति पब्लिशर्स एण्ड डिस्ट्रीब्यूटर्स

ISBN: 978-93851-937-2-9

प्रकाशक

सन्मति पब्लिशर्स एण्ड डिस्ट्रीब्यूटर्स

मुख्य कार्यालयः

बी–347, संजय विहार,

मेरठ रोड, हापुड़–245101 (उ0प्र0)

email: sanmati555@gmail.com

website : sanmatiindia.com

मो. 8439645104, 09997184964

प्रथम संस्करणः 2018

डिजाईन एण्ड टाईप सैटिंग

RETROTECH

समर्पित

स्वर कोकिला लता मंगेशकर

लोकप्रिय शायर एवं फिल्म गीतकार जावेद अख्तर

और नीरज जी के दुनिया भर में लाखों प्रशंसकों को

भूमिका

"आँसू के द्वारे कटी सुबह, दुख के घर बीती दुपहरी।
अब जाने डोला कहाँ रूके, अब जाने शाम कहाँ पर हो।।"

सच ही है श्री गोपालदास सक्सेना की अनुभूतियों के अभिव्यक्तिकरण का नाम है– 'नीरज'। नीरज जहाँ एक छन्द हैं, एक गीत हैं, एक श्लोक हैं वहीं 'गोपाल' एक दर्द हैं, एक अभाव हैं जिसने जन्म से लेकर आज तक सिर्फ सहन किया। कभी भाग्य के द्वारा, कभी प्रेम के द्वारा और कभी लोकप्रियता के द्वारा। लोगों में प्यार लुटाते व खुशियाँ बाँटते इस शख्स की मुस्कुराहट में छिपा था वो सिसकता आँसू जिसको कभी किसी ने आँखों से छलकते नहीं देखा पर उसका यही दर्द और खामोश सिसकी बनी कभी न खत्म होने वाली कविता। जिसमें कवि ने हर उदासी, हर सूनी रात को शब्दों में पिरोकर एक रूप दिया गीतों को, जो लोगों के होंठों का श्रृंगार बनी और बनी उसकी हर सूनी रात जिल्दों में बंधकर 'नीरज की पाती'।

"काँपती लौ, यह सियाही, यह धुआँ, यह काजल
उम्र सब अपनी इन्हें गीत बनाने में कटी
कौन समझे मेरी आँखों की नमी का मतलब
जिन्दगी वेद थी पर जिल्द बँधाने में कटी।"

शाश्वत सत्य है कि जीवन की कुछ घटनायें मनुष्य को हार्दिक आघात पहुँचाती है। जीवन के सारे अर्थ, समस्त मूल्य उनके लिए परिवर्तित हो जाते हैं। उन्होंने अपनी इसी विवशता, बेचैनी और मौन पीड़ा को आवाज दी और यही मौन पीड़ा उनके काव्य का दर्शन बनी, दृष्टि बनी।

"आज भले ही कुछ कह लो तुम
पर कल विश्व कहेगा सारा
नीरज से पहले गीतों में
सब कुछ था पर प्यार नहीं था।'

नीरज कहते हैं– मैंने अपने सर्वश्रेष्ठ गीतों को जन्म कानपुर में दिया। वहाँ से आने के बाद मैं कभी उतना अच्छा नहीं लिख पाया। मैं कानपुर में हमेशा

के लिए बसना चाहता था लेकिन मेरे हाथों में सिर्फ निराशा, खालीपन और भटकाव आया। काफी समय बाद अलीगढ़ में मैंने अपना स्थायी निवास बनाया लेकिन मेरे मन में सदा कानपुर ही बसता रहा। नीरज की पाती उन्हीं यादों का एक झरोखा है जिसकी याद आज भी उन्हें बेचैन करती है।

मैं मानती हूँ इन्सान की अहमियत का पता उसके जाने के बाद होता है। जो कानपुर उनको दो गज जमीन नहीं दे पाया था, वह कानपुर पश्चाताप की अग्नि में कितना जला है शायद नीरज नहीं जानते होंगे। शिवाला में कदम रखते ही ऐसा लगता है मानो कुरसवाँ का वह टूटा–फूटा मकान जिसमें नीरज जी ने अपनी जिन्दगी गुजर–बसर की थी, वहाँ की तंग गलियाँ आज भी नीरज को बुलाती हैं। उनके अंधेरे कमरे की दीवारें आज भी उनके गीतों को गुनगुनाती हैं, आज भी उनके घर के दरवाजे खिड़कियाँ उनका इन्तजार किया करती हैं, आज भी उस घर की चौखट अपने गोपाल के पाँव चूमने को बेताब रहा करती है। यहाँ तक शिवाला का एक–एक पात मानो कहता नजर आता है तुमने नीरज की पाती लिखकर अपने दर्द को बयाँ कर दिया पर पूरा शिवाला तुम्हारे लिए हर दिन, हर रात रोया है नीरज।

क्योंकि बहुत होंगे और गीतकार नीरज पर तुम्हीं ने हर रात रेशमी की थी।

यह मेरा सौभाग्य है कि मैं तीसरी बार नीरज जी पर किताब संपादित कर रही हूँ शायद यह किताब उन पर मेरी अन्तिम किताब हो। पीछे नीरज जी पर लेख लिखते वक्त मैंने बारह दिन से अधिक का समय लिया उस वक्त मुझे रह–रह कर विष्णु प्रभाकर की 'आवारा मसीहा' की याद आती रही। कितने गहन शोध और तपस्या का प्रतिफल।

यद्यपि मैं उनकी जीवनी लिखना चाहती थी जो किसी कारणवश नहीं लिख सकी। जीवनी लिखने के लिए ईमानदारी और निष्पक्षता का होना जरूरी है जो मैं अपना नहीं पा रही थी। खैर जितना लिख सकी हूँ बहुत तो नहीं कह सकूँगी पर सन्तुष्ट हूँ।

मैं पवन जैन जी की शुक्रगुजार हूँ जिन्होंने मेरे स्वप्न को हकीकत का रूप दिया, मुझपर अमिट विश्वास किया और मेरे साथ मजबूती से खड़े रहे। उनका विश्वास मुझे विजेता बनाता है। मैं उनकी अपार सफलता का कारण नहीं (जैसा वो मानते हैं) लेकिन वो मेरी सार्थकता के हेतु जरूर हैं।

इसके साथ ही मैं उन सभी साहित्यकारों का शुक्रिया अदा करती हूँ जिन्होंने अपना कीमती समय देकर मेरे लिए लिखा। साथ ही जिन्होंने मेरा प्रत्यक्ष और अप्रत्यक्ष सहयोग दिया मैं उनकी भी शुक्रगुजार हूँ।

एक बात और, मैं लेने से अधिक देने पर यकीन करती रही हूं। जिसने भी मेरे साथ रंचमात्र भी किया मेरा माथा हमेशा उसके समक्ष झुका है।

अंत में अधिक कुछ न कहते हुए मैं नीरज जी की ही चार पंक्तियों के साथ अपनी बात समाप्त कर रही हूँ–

'बात जिस पर जितनी कम है, शोर वह उतना मचाता
सूँघने पर पुष्प भी कब अर्चना के काम आता
प्यास अपनी इस जगत में बस बुझा पाता वही है
अपने हिस्से का भी अमृत जो यहाँ पर बाँट जाता।'

सफलता 'सरोज'

अनुक्रमणिका

आदमी हूँ आदमी से प्यार करता हूँ

जब लिखने के लिए लिखा जाता है तब जो कुछ लिख जाता है उसका नाम है गद्य, पर जब लिखे बिना न रहा जाए और जो खुद लिख–लिख जाए उसका नाम है कविता। मेरे जीवन में कविता लिखी नहीं गई, खुद 'लिख–लिख' गई है, ऐसे ही जैसे पहाड़ों पर निर्झर और फूलों और ओस की कहानी लिख जाती है। जिस प्रकार 'जल–जलकर बुझ जाना' दीपक के जीवन की विवशता है। उसी प्रकार गा–गाकर चुप हो जाना' मेरे जीवन की मजबूरी है। मजबूरी यानी वह मेरे अस्तित्व की शर्त है, अनिवार्यता है और इसीलिए मैं उसे नहीं वह मुझे बाँधे हुए है। वह मुक्त है और मोक्ष भी, तभी तो न वह किसी वाद की अनुगामिनी है और न किसी सिद्धान्त की भामिनी। वह मुझसे ही नहीं दूसरों से भी कहती है –

तुम लिखो हर बात चाहे जिस तरह चाहो,
काव्य को पर वाद का कंगन न बनने दो।
क्योंकि वह यह मानती है
आयु है जितनी समय की गीत की उतनी उमर है,
चाँदनी जब से हँसी है, रागिनी तब से मुखर है,
जिन्दगी गीता स्वयं जान लें गाना अगर हम,
हर सिसकती सांस लय है, हर छलकता अश्रु स्वर है।

उत्तर से दक्षिण, पूरब से पश्चिम और धरती से आकाश तक जो कुछ भी प्रत्यक्ष या परोक्ष रूप हमारी प्राण–सत्ता को प्रभावित करता है वह सब कुछ उसका विषय है – चाहे वह अंधकार हो या प्रकाश, जन्म हो या मृत्यु, सुख हो या दुःख, राग हो या विराग, धूप हो या छाँह, संघर्ष हो या शान्ति, चाहे वह किसी प्रवासी की सूनी साँझ हो अथवा किसी संयोगी की सुबह, चाहे वह तपती–जलती हुई किसी श्रमिक की दोपहर हो अथवा प्रणय–काल में रत किसी प्रेयसी की चाँदनी रात। जहाँ तक जीवन है, जहाँ तक मनुष्य है, जहाँ तक सृष्टि है, वहाँ तक उसकी गति है। उसके लिए कुछ भी त्याज्य नहीं है। अशिव को शिव, असुन्दर को सुन्दर और असत्य को वह सत्य बनाना चाहती है। यही उसके गाने का ध्येय है और यही उसके रोने का अर्थ है। उसने शब्दों का जो महल बनाया है उसमें दीवानेखास जैसी कोई चीज नहीं है। वहाँ केवल दीवानेआम ही है और उसमें प्रत्येक व्यक्ति, प्रत्येक

जाति, प्रत्येक वर्ण, बिना किसी संकोच के प्रवेश कर सकता है और आमने–सामने खड़ा होकर अपनी बात कह सकता है। उसके पास सबकी सुनने की सहिष्णुता है, क्योंकि उसने यह माना है कि सत्य किसी एक की ही थाती नहीं और न ही उसका एक रास्ता है। वह फुटपाथ पर भूख से छटपटाते हुए भिखारी के पास भी मिल सकता है और वर्षों से अंधेरे में पड़े हुए खंडहर में भी, इसीलिए उसने गाया है –

इस द्वार क्यूँ न जाऊँ,
उस द्वार क्यूँ न जाऊँ।
घर पा गया तुम्हारा मैं घर बदल–बदलकर।।

मेरी मान्यता है कि साहित्य के लिए मनुष्य से बड़ा और कोई दूसरा सत्य संसार में नहीं है और उसे पा लेने में ही उसकी सार्थकता है। जो साहित्य मनुष्य के सुख दुख का साझीदार नहीं, उसमें मेरा विरोध है। मैं अपनी कविता द्वारा मनुष्य बनकर मनुष्य तक पहुँचना चाहता हूँ। वही मेरी यात्रा का आदि है और वही अंत है। रास्ते पर कही मेरी कविता भटक न जाए, इसीलिए उसके हाथ में मैंने प्रेम का एक दीपक दे दिया है। मानवीय संबन्धों में मेरे विचार से प्रेम सर्वश्रेष्ठ संबन्ध है। एक ऐसी हृदय–भावना है जो निरंतर हमारी विकृतियों का शमन करती हुई हमें मनुष्यता के निकट ले जाती है। व्यक्ति के जीवन की मूल विकृति मैं अहं मानता हूं, जो सामाजिक रूप से यथार्थ का रूप धारण करता है। घृणा, द्वेष, दम्भ, वैषम्य, युद्ध, संहार इन सबका कारण यही अहं है। इसी से मुक्त होने में मनुष्य की मुक्ति है। मेरी परिभाषा में इसी अहं के समर्पण का नाम प्रेम है और इसी अहं के विसर्जन का नाम साहित्य है। जो प्रेम का इष्ट है वही साहित्य का लक्ष्य है, इसलिए मेरे विचार से अपने अन्तिम रूप में प्रेम–साधना के समान साहित्य–साधना भी हृदय–साधना ही है। कवि बनना है तो पहले महान मनुष्य बनो– यह मेरे काव्य का शीर्ष वाक्य है।

तो प्रेम और विशेष रूप से मानव–प्रेम मेरी कविता का मूल स्वर है। **'आदमी हूँ आदमी से प्यार करता हूँ'** यह मेरी कमजोरी भी है और शक्ति भी है। कमजोरी इसलिए कि घृणा और द्वेष से भरे आज के संसार में मानव–प्रेम के गीत गाना अपनी पराजय की कहानी ही कहना है, पर शक्ति इसलिए कि मेरे इस मानव प्रेम में ही मेरे आस–पास बनी हुई धर्म कर्म, जाति–पांति आदि की दीवारों को ढहा दिया है और वादो के भीषण झंझावात में भी पथभ्रष्ट नहीं होने दिया है, जब मैं अपना सत्य खोजने निकला था –

पर्वतों ने झुका शीश चूमे चरण,

बाँह डाली कली ने गले में चंचल।
एक तस्वीर तेरे लिए किन्तु मैं –
साफ दामन बचाकर गया ही, निकल।

प्राणगीत

मेरे पास मनुष्य की तस्वीर थी इसलिए मैं रास्ते में नहीं भटक सका। इसलिए यह मेरी शक्ति है। पर इसे पूरी तरह समझने के लिए यह आवश्यक है कि आप यह भी जान लें कि मुझे इसकी कितने रूपों में अनुभूति हुई है। मैं यह मानता हूँ कि पेट की भूख के साथ–साथ मनुष्य में एक और भूख है, जिसका नाम है सृजन की भूख। प्रकृति का प्रत्येक तत्व जो स्वयं को विश्व में किसी न किसी रूप में प्रतिबिम्बित करने के लिए विकल है उसका कारण यही है –

दीप को अपना बनाने को
पतंगा जल रहा है।
बूँद बनने को समुन्दर की
हिमालय गल रहा है।

यही सृजन की प्रजनन–प्रक्रिया है। इसे ही वासना कहा गया है। यही प्रत्येक कला और साहित्य की मूल प्रेरणा है। यह वासना भिन्न–भिन्न रूप धारण करती है। मनुष्य में पंच –कोषों की सत्ता को मैं व्यक्ति की पंच–चेतनाओं के रूप में स्वीकार करता हूँ। निरन्तर विकासशील होने के कारण कवि के मानस में व्याप्त सृजन की यह भूख सतत ऊर्ध्वगामी होती है जिसके फलस्वरूप उसे भिन्न–भिन्न प्रकार की अनुभूति होती है। जब तक यह वासना अन्नमय कोष में व्याप्त रही है, तब तक यह 'आकर्षण' कहलाती है। इस स्तर पर मनुष्य मांसलता से आक्रान्त रहता है और इस समय उसके भीतर का पशु प्रबल होता है। वह पाना तो चाहता है, किन्तु देना कुछ नहीं चाहता –यही पाशविक वृत्ति है और इसी का नाम स्वार्थ है। इस स्तर पर जो रचना की जाती है वह घोर यौन–तृष्णा से विकल होती है। मैंने जीवन में इस प्रकार का केवल एक गीत लिखा है – **आज तो मुझसे न शरमाओ तुम्हें मेरी कसम है।** संयम के कारण जब यही वासना और ऊपर की ओर संक्रमण करती है तब प्राणकोष में प्रवेश करती है। प्राणकोष में पवन यानी आवागमन है। यहीं से 'प्रेम' का उदय होता है। इस स्तर पर मनुष्य में प्राप्ति की कामना के साथ – साथ देने की भावना भी रहती है। यहाँ से स्वार्थ का परिहार आरम्भ होता है, पर स्वार्थ की चेतना सर्वथा नहीं मिट जाती। पशुत्व क्षीण होने लगता है और मनुष्यत्व प्रबल होने लगता है। पर पूर्णतया उसका

विनाश नहीं हो पाता, इसीलिए प्रेम के साथ–साथ ईर्ष्या भी चलती रहती है। यहीं से काव्य में दार्शनिकता का जन्म होता है। 'विभावरी' में संगृहीत मेरी अधिकांश रचनाएँ इसी स्तर की हैं और कुछ 'प्राण–गीत' की भी। प्राणमय–कोष से जब यह मनोमय–कोष में गमन करती है तब कवि में 'भक्ति' की अनुभूति जागृत होती है। प्राप्ति की कामना यहाँ सो जाती है। कविता यहाँ पहुँचकर स्त्री बन जाती है, क्योंकि समर्पण स्त्री ही कर सकती है, पुरुष नहीं। भक्त कवियों तथा सूफियों ने जो 'राम की बहूरिया' बनकर अपने ह्रदय की वेदना व्यक्त की है उसका तथा भारतवर्ष में सखी सम्प्रदाय के जन्म का कारण भी यही है। मेरी भी कुछ कविताएं इसी स्तर की देन हैं। उदाहरणार्थ यह गीत –

तुझसे लगन लगाई,
उमर भर नींद न आई।
साँस–साँस बन गई सुमिरनी,
मृगछाला सब की सब धरिणी,
क्या गंगा, कैसी वैतरिणी,
भेद न कुछ कर पाई,
दहाई बनी इकाई।

भक्ति की तन्मयता विरह–वेदना में ही है। विरह का कारण है द्वैत, जिसका आरम्भ मनोमय–कोष से ही होता है। इसीलिए प्रत्येक भक्त कवि ने मोक्ष पर धूल फेंकी है और अद्वैतवाद को नीरस ज्ञान के रूप में तिरस्कृत किया है।मनोमय–कोष के ऊपर विज्ञानमय कोष है। यहाँ से द्वैत की समाप्ति आरम्भ होती है। इस स्तर पर कवि में सामाजिक चेतना और जन–मंगल की भावना जागृत होती है। यहीं से वास्तविक प्रगतिशील कविता का जन्म होता है किन्तु आज की प्रगतिशील कविता इस श्रेणी में नहीं आती, क्योंकि उसमें से अधिकांश अनुभूतिशून्य हैं और केवल सिद्धांत–प्रतिपादन के लिए लिखी–सी जान पड़ती है। हाँ, प्रेमचन्द के उपन्यासों में इसके अवश्य दर्शन होते हैं और कहीं–कहीं नाजिम हिकमत की कविताओं में भी इसकी झलक मिलती है। मेरी 'अब युद्ध नहीं होगा' शीर्ष कविता इसी चेतना स्तर की कविता है। यहाँ व्यक्ति न स्त्री–रूप में सोचता है, न पुरुष रूप में । वह विश्व का एक अंश बन जाता है। निम्नलिखित गीत में इसी की ध्वनि है –

अंधियारा जिससे शरमाए
उजियारा जिसको ललचाए,
ऐसा दे दो दर्द मुझे तुम

मेरा गीत दिया बन जाए।

और सबसे ऊपर आनन्दमय–कोष है। यहाँ अहं का पूर्ण विसर्जन है और प्रेम की यह अन्तिम परिणिति है। यहाँ व्यक्ति की चेतना का विश्व–चेतना में पूर्ण तिरोभाव है। यही साहित्य का और प्रगतिवाद का अन्तिम सोपान है। गोस्वामी जी के 'रामचरितमानस' में इसी चेतना–स्तर की झलक है।

इसी सम्बन्ध में एक बात और कह दूँ। मेरे विचार से अनुभूति का अर्थ है उष्णता यानी वेदना। उष्णता (ताप) ही जीवन है। प्रेम की गहराई ताप की अधिकता या न्यूनता से ही नापी जाती है। काव्य में जो मर्मस्पर्शिता होती है उसकी जन्मदात्री भी यही उष्णता या वेदना है। यदि वह नहीं तो कविता उपदेश भले हो, कविता नहीं कही जा सकती। इसका एक सृजनात्मक पहलू यह है कि यह मनुष्य के हृदय को छूकर उसे सहिष्णु और विशाल बना देती है। सुख आदमी को कैसे सीमित करता है और दुःख उसे कैसे विस्तृत करता है इस बात को मैंने इस प्रकार कहा है –

मैंने तो चाहा बहुत कि अपने घर में रहूँ अकेला पर,
सुख ने दरवाजा बन्द किया, दुख ने दरवाजा खोल दिया।

मेरी कविताओं में इसी वेदना (उष्णता) की सहज स्वीकृति है। कुछ लोगों के विचार से यह नैराश्य–प्रसूत है, पर मेरे अपने अनुभव से यह अपनी काव्य–वस्तु के प्रति मेरी निश्छल एवं एकान्तिक तन्मयता के कारण ही है। इसे आप यदि मेरी कविताओं से निकाल देंगे तो मेरी उमर आधी रह जाएगी। मैं ही क्या संसार में जितने महान कवि हुए हैं उनकी रचनाओं से यदि आप उनकी 'वेदना' के बहिष्कृत कर दें तो फिर शायद आप ही उन्हें पढ़ना पसन्द नहीं करेंगे।

कविता के आन्तरिक संगठन के विषय में मेरा मत है कि यद्यपि श्रेष्ठ कविता में हृदय और बुद्धि का कार्य सोचना है और हृदय का व्यापार अनुभूति प्राप्त करना है। कविता में दोनों की क्रियाएँ बदल जाती हैं। हृदय सोचने लगता है और बुद्धि अनुभव करने लगती है। इसको इस तरह भी कह सकते हैं कि कविता में बुद्धि सोचती तो है पर हृदय के माध्यम से ही सोचती है। बाइबिल में एक वाक्य है – In the beginning was word, and word was God - 'आदि में शब्द था और शब्द ईश्वर था।' शब्द का अर्थ है प्रतीक। प्रतीक का अर्थ है विचार और ईश्वर का अर्थ है सृष्टि यानी विचार सृष्टि है। कविता भी एक सृष्टि है, पर वहां विचार को नहीं केवल भाव को ही स्थान है। कविता सुन कर लोग कहते हैं आपका भाव बहुत सुन्दर है, आपका विचार

सुन्दर है यह कोई नहीं कहता। पर विचार ही वहाँ भाव बन जाता है। कैसे? बाइबिल का ही एक दूसरा वाक्य है – All was water and a spirit was brooding over it - सब ओर जल था और उस पर एक चेतना मनन कर रही थी।' 'मनन' शब्द 'ब्रूडिंग' के लिए आया है। 'ब्रूडिंग' का अर्थ सेना भी होता है। मुर्गी जब अपने अण्डे को सेती है तो उसके द्रव्य–तत्त्व में प्राण–संचार (ताप संचार) होता है। इसी प्रकार जब कवि किसी विचार पर मनन करता है, उसे सेता है, यानी जब उसमें सम्पूर्ण व्यक्तित्व को डुबो देता है, जैसे मुर्गी अपने तन–मन–प्रण–पंख सबके ताप को केन्द्रित कर अण्डे के द्रव्य में संचारित कर देती है, तब वह विचार सृष्टि यानी भाव बन जाता है। इसी बात को यदि यों कहें तो अधिक उपयुक्त होगा – **''जब तक हम किसी विचार को आत्मसात् किए रहते हैं तब तक वह विचार विचार रहता है, किन्तु जब विचार हमें आत्मसात कर लेता है यानी हमारे सम्पूर्ण व्यक्तित्व–तन–मन, रक्त, मांस, मज्जा आदि में घुल–मिल जाता है तब भाव बन जाता है।''** मेरा व्यक्तित्व अनुभव है कि जिन कविताओं को मैंने प्रतीक्षा करने के बाद लिखा है वे मेरी श्रेष्ठ रचनाएँ हुई हैं। कोई भी विचार एक बार मन में उठकर कभी मिट नहीं पाता, हमारी उप चेतना में चला जाता है और कुछ काल बाद एक तीव्र अनुभूति के रूप में हमारे कंठ से फूट पड़ता है। यह जो फूटना है वही सहज है और वही कविता है। गीत की रचना में हमें कविता से एक कदम और आगे बढ़ना पड़ता है। उसकी सृष्टि में बुद्धि पूर्णतया हृदय की शरण में जाकर सोचने का कार्य कंठ को सौंप देती हैं। ऐसा इसलिए होता है कि गीत का प्राण केवल एक अमूर्त भाव होता है जो स्वर–संकेत से व्यक्त होता है। जब तक रचना का आधार मूर्त होता है तभी तक बुद्धि साथ देती है, किन्तु जैसे ही विषय अमूर्त हुआ बुद्धि निस्सम्बल होकर हृदय के पास जाकर समर्पण कर देती है। कविता में हम हृदय से सोचते हैं और बुद्धि (विवेक) से अनुभूति प्राप्त करते हैं, गीत में हृदय कंठ के द्वारा सोचने लगता है। इसलिए बिना गुनगुनाए हुए गीत नहीं लिखा जाता। यह क्रिया इतनी सूक्ष्म होती है कि कभी–कभी ही रचना के क्षणों में इसका आभास होता है।

मेरी भाषा के प्रति लोगों की शिकायत रही है कि न तो वह हिन्दी है और न उर्दू। उनकी यह शिकायत सही है और इसका कारण यह है कि मेरे काव्य का जो विषय 'मानव–प्रेम' है उसकी भाषा भी इन दोनों में से कोई नहीं है। हृदय से प्रेम सहज ही अंकुरित होता है और वह जीवन में सहज ही हमें प्राप्त होता है। जो सहज है उसके लिए सहज भाषा ही अपेक्षित है। असहज

भाषा में यदि वह कहा जाएगा तो अनकहा ही रह जाएगा। प्रत्येक समाज की एक सहज भाषा होती है। मैं जिस समाज में रहता हूँ उस समाज की सहज भाषा वही है जिसमें मैं कविता लिखता हूँ। जो विषय असहज है उनके लिए मैंने भी असहज भाषा का ही प्रयोग किया है, जैसै– 'स्रष्टा', 'जीवन–गीत', अरविन्द की कविताओं के अनुवाद आदि। फिर मैं यह भी मानता हूँ कि प्रत्येक विषय की भाषा अलग होती है। चेतना के पंचस्तरों के साथ–ही–साथ भाषा के भी – चिन्ह, संकेत, भाव, सूत्र और मंत्र पाँच स्तर होते हैं – चिन्ह (आकर्षण), संकेत (प्रेम), भाव (भक्ति), सूत्र (अंशरूप), मंत्र (आनन्द)। विषय के अनुरूप मैंने भी चित्रमयी, संगीतमयी, पुरुष, दार्शनिक, सहज सांकेतिक आदि भाषाओं का प्रयोग किया है। विस्तार–भय से मैं यहाँ उद्धरण नहीं दे रहा हूँ, किन्तु यदि आप ध्यान से मेरी रचनाओं को पढ़ेंगे तो आपको इन सबके उदाहरण उनमें मिल जाएँगे। मैंने कविता की अपेक्षा गीत ज्यादा लिखे हैं और मेरे गीत लोकप्रिय भी हुए हैं – यह भी सत्य है। अधिकांश लोग उनकी लोकप्रियता का श्रेय मेरे कविता–पाठ के ढंग को देते हैं कुछ हद तक यह भी सत्य है, पर उनकी लोकप्रियता का बड़ा कारण है उनकी निर्झर सी अवाक गति और स्वाभाविक भाषा में गूंथी हुई स्वाभाविक अनुभूति। कविता की सबसे बड़ी शक्ति उसकी गति और स्वाभाविकता ही है। जब हम स्वाभाविकता से अस्वाभाविकता की ओर जाते हैं तब गद्य रचना करते हैं और जब अस्वाभाविकता से स्वाभाविकता की ओर आते हैं तब कविता लिखते हैं। स्वाभाविकता ही गति है, जो समष्टि और सृष्टि सबकी स्थिति का एकमात्र कारण है। कविता भी एक सृष्टि है, इसलिए सृष्टि के समान गति (लय) उसकी भी आधारशिला है। वाक्य में गति क्रिया के सहज एवं उचित प्रयोग से ही आती है। संस्कृत साहित्य उत्तराधिकार में पाने वाला स्वभाव से आध्यात्मिक चिन्तन में लीन होने के कारण हिन्दी ने 'क्रिया' के महत्व को अभी ठीक ठाक से नहीं समझा (ब्रजभाषा और अवध के कवियों ने वह गलती नहीं की) या तो उन्होनें उसका बहिष्कार किया या उसका गलत प्रयोग किया। आधुनिक हिन्दी कविता में क्रिया का स्वागच्युत और पदच्युत करने के अनेक उदाहरण दिए जा सकते हैं। आरम्भ में मैनें भी यही भूल की थी। पर एक दिन अचानक ही एक चार वर्ष के बच्चे ने मुझे मेरी भूल समझाई और साथ में मैं क्रिया के प्रयोग के विषय में अधिक सजग रहने लगा। श्रेष्ठ कविता का एक गुण स्मरणीयता भी है और वह भी बहुत कुछ क्रिया के उचित या अनुचित प्रयोग पर ही टिकी है। जिस वाक्य में क्रिया स्थान भ्रष्ट होगी वह वाक्य प्रबल करने पर भी स्मृति में अधिक देर तक नहीं ठहर सकता और

जिस वाक्य में क्रिया अपने निश्चित स्थान पर होगी वह वाक्य बिना प्रयास हमारे स्मृति पट पर अंकित हो जाएगा। नीचे के दो उदाहरणों से यह स्पष्ट हो जायेगा–

आज जी भर देख लो तुम चाँद को,
क्या पता यह रात फिर आए न आए।

एक तिनके ने कितने तूफान के
तड़प तड़पकर जब लिया आकाश है।

ऊपर दिये हुए दोनों उदाहरणों में जो अन्तर है वह स्पष्ट है। पहले वाक्य में क्रिया अपने यथास्थान पर है, इसलिए गति के साथ–साथ उसकी स्मरणीयता भी बढ़ जाती है। दूसरे स्थान में छू लिया को तोड़कर उसे पदच्युत कर दिया है, इसलिए वाक्य की स्मरणीयता नहीं, उसकी गति भी क्षीण हो जाती है।

भाषा, अर्थ और संकेत की स्वाभाविकता में शब्द का महत्वपूर्ण स्थान है। अकेले शब्द का कोई अर्थ नहीं होता। सरल का अर्थ अर्थात् अन्य शब्दों के सम्बन्ध तथा समय और स्थान के सन्दर्भ से प्राप्त होता है। मैनें यह माना है कि जिस प्रकार प्रत्येक मनुष्य अपूर्ण है और उसे पूर्णांक देने वाला उसकी आत्मा का साथी इस संसार में कहीं छुपा है, उसी प्रकार प्रत्येक शब्द भी अपूर्ण है और उसका भी एक पूरक शब्द है जैसे सुबह का शाम, जमीन का आसमान, दिन का रात आदि–आदि। जिस ध्वनि सामंजस्य के फलस्वरूप एक शब्द का सम्बन्ध दूसरे से जुड़ता है, क्योंकि भाषा व्यक्ति की नहीं, समाज की सृष्टि है। कोश में प्रत्येक शब्द के कुछ न कुछ पर्यायवाची शब्द होते हैं, पर कविता के लिए वे नहीं बने हैं। कविता में एक शब्द का स्थान उसी अर्थ का दूसरा शब्द नहीं ले सकता। यदि ले सकता है तो मेरी दृष्टि में यह उस कविता की कमी है। कविता की स्वाभाविक भाषा वह होती है जिसमें प्रत्येक शब्द दूसरे शब्द का पूरक बनकर उपस्थित हो जैसे निम्नलिखित चरण में –

अनजान वह नगर है, अनजान वह डगर है
न पड़ाव का पता है न बसाब की खबर है।
सब कह रहे मुसाफिर! चलना संभल–संभलकर
लम्बा बहुत सफर है, छोटी बहुत उमर है।

इस प्रकार की भाषा से जो संगीत उत्पन्न होता है वह स्वर–संगीत, शब्द संगीत आदि से बड़ कर हृदय–संगीत होता है और यही संगीत भाव

भंगिमा के रूप में गीत का इष्ट होता है। मेरे गीतों में वही संगीत व्याप्त है। चेतना के जिस स्तर पर 'भक्ति' का उदय होता है। उसी स्तर पर इस संगीत का जन्म होता है। सूर, मीरा, महादेवी और कोकिला जी की इधर की रचनाओं में यह व्याप्त है। यह वही वाला प्रगतिवाद, प्रयोगवाद सदा अन्य वाद के रूप में जो आज हिन्दी में प्रचलित है उनमें मेरी आख्या नहीं है। यद्यपि मैं प्रगति को जीवन का इष्ट बनाता हूँ और प्रयोग को प्रगति का सहायक, किन्तु न तो किसी वाद–विशेष से आक्रन्त प्रगति का मैं पोषक हूँ और न किसी सिद्धान्त विशेष से सम्बन्धित प्रयोग का हिमायती। जीवन के वाक्य पर विराम चिन्ह नहीं रखा जा सकता, उसे बांध देना उसकी गति को अवरूद्ध कर देना है। साहित्य जीवन का उपागम है। मेरी दृष्टि में यही साहित्य श्रेष्ठ है जो हमें हमारे व्यक्तित्व के संकुचित होने से निकालकर अधिक से अधिक विश्व मानवता के निकट ले जाता है। वास्तविक प्रयोग मेरे निकट यह है जो विचार प्रयोग के भाषा, छंद, लय आदि के भी प्रयोग करता है। विचार प्रयोग को छोड़कर अन्य सभी प्रकार के प्रयोग मेरे विचार में फैशन है और वे पेरिस की सड़कों पर ही प्रतिष्ठा पा सकते हैं। वृन्दावन या अयोध्या की गलियों में नहीं। यहाँ तो सूर मीरा की तन्मयता और तुलसी का जीवन दर्शन ही अपेक्षित है और फिर ऐसा हृदय जो कह सके –

कोई नहीं पराया, मेरा पर सारा संसार है।

लोकप्रियता का शिखर कवि नीरज

डॉ0 शेरजंग गर्ग

हिन्दी कविता में यों तो बीसवीं सदी का प्रारम्भ ही ऐतिहासिक महत्व का रहा है, जब मैथिलीशरण गुप्त रचित 'भारत भारती' तथा माखन लाल चतुर्वेदी, रामनरेश त्रिपाठी, बालकृष्ण शर्मा 'नवीन' की राष्ट्रीय कविताओं के साथ–साथ बाद के वर्षों में 'कामायनी', 'राम की शक्तिपूजा', 'पल्लव', 'यामा', 'मधुशाला' जैसी कृतियाँ प्रकाश में आयीं। इसके तुरंत बाद पाँचवें दशक में कविता ने नये मोड़ लिये। अज्ञेय द्वारा सम्पादित 'तार सप्तक' ने कविता में नयेपन की धूम मचायी तो लगभग उसी के आसपास गीति–काव्य के क्षेत्र में एक नये सितारे गोपालदास नीरज का उदय हुआ। कवि नीरज की काव्य यात्रा सन् 1941 के दौरान आरम्भ हो गयी थी, जो आज तक जारी है। कविता में उनकी लोकप्रियता वर्तमान में भी नये–नये सोपानों का वरण कर रही है।

कवि नीरज ने अपने बाल्यकाल से ही कष्टों का सामना किया। जब वे केवल छः वर्ष के थे, उनके पिता का स्वर्गवास हो गया था। शिक्षा प्राप्त करते हुए भी उनके सामने आजीविका की चिन्ता बनी रही। उन्होंने छोटी–छोटी नौकरियाँ करते हुए काव्य–साधना को अपना मिशन बनाये रखा। उनका जीवन–संघर्ष इन पंक्तियों में मुखर होता है –

'कांपती लौ, यह सियाही, यह धुआँ, यह काजल
उम्र सब अपनी इन्हें गीत बनाने में कटी
कौन समझे मेरी आँखों की नमी का मतलब
जिन्दगी वेद थी पर जिल्द बँधाने में कटी।''

अपने जीवन में साहित्य–साधना में निरन्तर आगे बढ़ते हुए नीरज ने किसी भी कठिनाई के सामने घुटने नहीं टेके। उनके प्रारम्भिक रचनाकाल में लिखे गये इस गीत में यह भाव स्पष्ट होता है –

पंथ की कठिनाइयों से मान लूँ मैं हार, यह सम्भव नहीं है।
मैं चला जब रोकने दीवार–सी दुनियाँ खड़ी थी
मैं हँसा तब भी बनी जब आँख सावन की झड़ी थी

मुस्कराकर उस समय भी गीत मैं गाता रहा था
जबकि मेरे सामने खुद लाश ही मेरी पड़ी थी,
आज है यदि देह लथपथ, रक्तमय पग, कंटकित मग
फेंक दूँ निज शीश का मैं भार यह सम्भव नहीं है।

कहना होगा कि नीरज के सामने आयी कठिन परिस्थितियों ने, आजीविका की चुनौतियों ने, क्षण–क्षण उमड़ते–घुमड़ते संघर्ष ने उन्हें एक जुझारू रचनाकार बनने में सहायता की। यह आकस्मिक नहीं कि उनके पहले काव्य–संकलन को 'संघर्ष' शीर्षक से प्रकाशन का अवसर मिला। बाद में यही संकलन एक नये नाम 'नदी किनारे' के अन्तर्गत प्रकाश में आया।

कविता में लोकप्रियता के तमाम शिखर छूने वाले गोपालदास नीरज ने अपने सुरीले अंदाजे बयाँ, मधुर स्वर, आकर्षक व्यक्तित्व तथा दिल में घर कर जाने वाली जादुई आवाज एवं सरल सहज भाषा–कौशल से श्रोताओं–पाठकों को अपना मुरीद बनाये रखा है। किसी भी कवि–सम्मेलन की अपूर्व सफलता से अधिक के लिए मात्र नीरज की उपस्थिति सोने में सुगन्ध का काम करती है। नीरज का नाम सुनकर श्रोता दूरदराज से पहुँच जाते हैं। कहना होगा कि अपने पचहत्तर साल के सक्रिय कवि–जीवन के दौरान उन्होंने हजारों कवि–सम्मेलनों की रौनक बढ़ाई है और हिन्दी कविता की वाचिक परम्परा को प्रतिष्ठा दिलायी है। इतना ही नहीं, नीरज को देश भर में होने वाले कवि–सम्मेलनों में न पहुँच पाने के लिए क्षमा भी माँगनी पड़ी है। अकेले उत्तर प्रदेश में ही वर्ष भर में प्रत्येक जिले में दर्जनों कवि–सम्मेलन होते हैं। वहाँ किसी एक कवि का सभी में सम्मिलित हो पाना प्रायः दुष्कर होता है। पर यहाँ तो पूरा भारत देश, विश्व के अनेक देश, आकाशवाणी–दूरदर्शन के सभी केन्द्र, दर्जनों टीवी चैनलों को अपने कार्यक्रमों में नीरज की उपस्थिति की प्रतीक्षा रहती है।

कवि नीरज की काव्य साधना का फलक अत्यन्त व्यापक रहा है। उसमें काव्य–रचना के अनेक आयाम समाहित हुए हैं। प्रारम्भ में नीरज ने जीवन की जटिलताओं और संघर्ष के साथ–साथ प्रेमपगे गीत लिखे। फिर उन्होंने यह हुंकार भी भरी– **''अगर कलम न छीनी गयी तो हिन्दुस्तान बदलकर छोड़ूँगा। मानव की क्या वाह अरे भगवान बदलकर छोड़ूँगा।''** उन्होंने अपनी सुबोध गंगा–जमुनी भाषा में जन–जन तक अपनी

पैठ बनाने वाले मुक्तक लिखे, गीतिकाए, गजलें लिखीं और संतों के समान नीतिपरक जीवन–दर्शन से सम्पृक्त दोहे भी लिखे। काव्य के महत्व को रेखांकित करने वाला उनका एक दोहा इस प्रकार है –

आत्मा के सौंदर्य का शब्दरूप है काव्य।
मानव होना भाग्य है, कवि होना सौभाग्य।।

काव्य को आत्मा के सौन्दर्य का शब्दरूप मानने वालें नीरज ने सचमुच ही काव्य के प्रति अपनी निष्ठा का परिचय दिया है।

कवि नीरज को उनके प्रशंसकों, श्रोताओं, शोधार्थियों और पाठकों के पत्र हजारों की संख्या में मिले हैं। कुछ को उन्होंने प्रकाशित भी कराया है। परन्तु एक महत्वपूर्ण योगदान नीरज द्वारा विभिन्न मनः स्थितियों, राजनीतिक स्थितियों, अन्तर्राष्ट्रीय समस्याओं पर प्रेषित उनकी काव्यात्मक पातियों/पत्रों का भी रहा है। उन्होंने मानवीय, राष्ट्रीय प्रसंगों को उठाते हुए उद्‌बोधनात्मक पातियों का सृजन किया है। सम्भवतः अन्य किसी कवि–शायर ने इतनी संवेदना–सम्पन्न पातियाँ नहीं लिखीं। इन पातियों में अन्तर्राष्ट्रीय परिस्थितियों को भी व्यक्त किया गया है। नीरज की पाती कानपुर के नाम, नील की बेटी के नाम, कश्मीर के नाम, पाकिस्तान के नाम, दक्षिण अफ्रीकी रंग–भेद नीति के नाम,कल्पना के नाम, पुरानी पीढ़ी के नाम, गीतकार के नाम, फिरका–परस्तों के नाम आदि कुछ ऐसी पातियाँ हैं, जिनमें नीरज के मानवीय, राजनीतिक, नैतिक और सामाजिक सरोकारों का परस मिलता है। ये पातियाँ उपनिवेशवादी मनोवृत्ति एवं साम्प्रदायिक शक्तियों को ललकारने का काम भी करती हैं।

आन्तरिक मानवीय सरोकार सम्पूर्ण मानवीयता के संकटों को वाणी देते हैं। नीरज की पातियों में निजी प्रेम की पीड़ा है तो समग्र मानव–समाज, राष्ट्रीय–अन्तर्राष्ट्रीय स्थितियों पर काव्यात्मक प्रतिक्रिया के दर्शन भी होते हैं। प्रिय को पत्र लिखते समय भी कवि की आँखों के सामने समय, समाज और सम्पूर्ण मनुष्यता और युद्ध की विभीषिका का परिदृश्य मौजूद रहता है –

आज की रात तुझे आखिरी खत और लिख दूँ
कौन जाने ये दिया सुबह तक जले न जले!
बम–बारूद के इस दौर में मालूम नहीं
ऐसी रंगीन हवा फिर कभी चले न चले।

जिन्दगी सिर्फ है खुराक टैंक तोपों की
और इंसान है एक कारतूस गोली का,
सभ्यता घूमती लाशों की इक नुमाइश है
और है रंग नया खून नयी होली का।
कौन जाने तेरी नर्गिसी आँखों में कल
स्वप्न सोये कि किसी स्वप्न का मरण सोये,
और शैतान तेरे रेशमी आँचल से लिपट
चाँद रोये कि किसी चाँद का कफन रोये।

कवि ने अपनी किशोरावस्था और युवाकाल कानपुर में गुजारा था। वहाँ के जीवन, वहाँ बिताये क्षणों, आत्मीय और पीड़ा भरे प्रसंगों की मुँह बोलती तस्वीर है यह पाती जो नीरज ने कानपुर के नाम लिखी है, जिसकी कुछ पंक्तियाँ इस प्रकार हैं :

कानपुर! आह! आज तेरी याद फिर आई
स्याह कुछ और मेरी रात हुई जाती है,
आँख पहले भी यह रोई थीं बहुत तेरे लिए
अब तो लगता है बरसात हुई जाती है।
तू क्या रूठा मेरे चेहरे का रंग रूठ गया
तू क्या छूटा मेरे दिल ही ने मुझे छोड़ दिया,
इस तरह गम में है बदली हुई हर एक खुशी
जैसे मंडप में ही दुल्हिन ने हो दम तोड़ दिया।
प्यार करके भी मुझे भूल गया तू लेकिन
मैं तेरे प्यार का अहसान भुलाऊँ कैसे?
जिसके सीने से लिपट आँख है रोई सौ बार
उसकी तस्वीर से ये आँसू छुपाऊँ कैसे?

इस लम्बी कविता में नीरज ने कानपुर को बहुत पीड़ा से, बड़े प्यार से याद किया है। उससे शिकायत भी की है, उसके प्रति कृतज्ञता भी ज्ञापित की है।

पिछली शताब्दी के पाँचवें दशक में 'स्वेज नहर' पर आये संकट के

अवसर पर नीरज ने 'नील की बेटी के नाम पाती' लिखी थी, जो बहुत प्रशंसित हुई। इस पाती में नीरज ने मिस्र के राष्ट्रपति नासिर और वहाँ की जनता को इस तरह आश्वस्त किया था :

देखना है जुल्म की रफ्तार बढ़ती है कहाँ तक
देखना है बम्ब की बौझार बढ़ती है कहाँ तक
देखना है डॉलरी झंकार में कितना असर है
उम्र नफरत की बड़ी या प्यार की ज्यादा उमर है
नील की बेटी न घबराना, समझ से काम लेना
जब उठे तूफान हिन्दुस्तान को आवाज देना।

इसी पर 'पाकिस्तान के नाम पाती' में नीरज ने पड़ौसी देश को वैमनस्य एवं शत्रुतापूर्ण व्यवहार त्यागने का परामर्श देते हुए परस्पर सहयोग और भाईचारे की नीति अपनाने की नसीहत दी है :

है घृणा अंधी, न सहती रोशनी उसकी नजर है
वह न यह भी जानती, मस्जिद किधर, मन्दिर किधर है
वह बढ़ी यदि तो दुबारा कारवाँ वीरान होगा
हम भले हों, किन्तु धरती पर नहीं इंसान होगा।

वास्तविकता यह है कि कवि नीरज ने हमेशा मानवीय प्रेम, भाईचारे, सहिष्णुता, परस्पर सहयोग और संवेदनशीलता को अपनी कविता का केन्द्र बनाया है।

आधुनिक हिन्दी काव्य के क्षेत्र में प्रख्यात और शीर्षस्थ कवियों की भरमार रही है। द्विवेदी युगीन कवियों में माखनलाल चतुर्वेदी, मैथिलीशरण गुप्त, बालकृष्ण शर्मा 'नवीन', रामनरेश त्रिपाठी से लेकर छायावादियों में निराला, प्रसाद, पन्त, महादेवी एवं उनके बाद की पीढ़ी के भगवतीचरण वर्मा, रामधारी सिंह 'दिनकर', हरिवंशराय बच्चन से लेकर शिवमंगल सिंह 'सुमन', गोपाल सिंह नेपाली, नरेन्द्र शर्मा, अज्ञेय, मुक्तिबोध, भवानी प्रसाद मिश्र, नागार्जुन, त्रिलोचन, गिरिजाकुमार माथुर, धर्मवीर भारती, कुँवर नारायण जैसी अनेक विभूतियाँ हिन्दी कविता को गरिमा प्रदान करती हैं। लोकप्रिय गीतकारों में बलवीर सिंह रंग, वीरेन्द्र मिश्र, रामावतार त्यागी, मुकुट बिहारी सरोज, बाल स्वरूप राही आदि अपनी प्रतिभा की छटा बिखेरते रहे हैं। इन्हीं

समस्त श्रेष्ठ रचनाकारों के मध्य नीरज की लोकप्रियता ने नये प्रतिमान स्थापित किये हैं। वर्षो पहले भारतीय ज्ञानपीठ ने एक अखिल भारतीय कवि–सम्मेलन आयोजित किया था। इसमें कैलाश बाजपेयी, अनामिका, लीलाधर मंडलोई, दिनेश कुमार शुक्ल, उमेश चौहान, अरुण कमल, जितेन्द्र श्रीवास्तव के साथ–साथ गोपालदास नीरज और केदारनाथ सिंह ने भी भाग लिया था। इस अवसर पर कवि केदारनाथ सिंह ने नीरज को हिन्दी ही नहीं, समस्त भारतीय भाषाओं के सर्वाधिक लोकप्रिय कवि के रूप में सम्बोधित किया था।

निःसन्देह गोपालदास नीरज की लोकप्रियता उनके मनोरम काव्यपाठ, सुदर्शन व्यक्तित्व, संवेदन–सम्पन्न मानवीय अनुभूतियों को अत्यन्त हृदयग्राही सरल–सरस भाषा में अभिव्यक्त हुई है। वह पाठक एवं श्रोता के मर्म का स्पर्श करती है। नीरज सामान्य जन के गीतकार एवं कवि होते हुए भी विशिष्ट जनों के रचनाकार भी हैं। आफताब अफरीदी द्वारा नीरज पर बनाये गये वृत्त चित्र 'एक कवि है मस्त फकीर' के लोकार्पण के अवसर पर कविवर उदयप्रताप सिंह की उपस्थिति में इन पंक्तियों के लेखक ने राजधानी के सैंकड़ों मीडियाकर्मियों और बुद्धिजीवियों को कविवर नीरज का स्वागत करते हुए देखा था। कहना होगा कि यह कार्यक्रम नीरज काव्य के प्रेमियों का मनभावन संगम बन गया था।

मुझे स्मरण नहीं कि भारत रत्न, स्वर कोकिला लता मंगेशकर अथवा दिलकश गजल गायक स्वर्गीय जगजीत सिंह ने कभी लगातार तीन घंटे तक बिना किसी विराम के अपना कार्यक्रम प्रस्तुत किया हो। दिल्ली के फिक्की सभागार में हिन्दी अकादमी द्वारा आयोजित एक काव्य–पाठ में कवि नीरज ने खचाखच भरे हॉल के श्रोताओं को मंत्रमुग्ध करने का कार्य भी किया है। ऐसे दृष्टांत सचमुच कवि नीरज की अद्‌भुत स्मरण शक्ति का परिचय तो देते ही हैं, काव्य–प्रेमियों द्वारा उनके प्रति व्यक्त भावनाओं को भी उद्‌घाटित करते हैं। शायद इसीलिए नीरज ने इन पंक्तियों के माध्यम से अपनी शोहरत की शिकायत भी की है –

तुझ–सी शोहरत न किसी को भी मिले ऐ नीरज
फूल भी फेंके गये तुझपे तो पत्थर की तरह और,
इतने बदनाम हुए हम तो इस जमाने में

लगेंगी आपको सदियाँ हमें भुलाने में।

एक बात और कुछ आलोचकों ने नीरज को मात्र श्रृंगार का कवि माना है और उनके महत्व को कम आंकने की कोशिश की है। हमारी मान्यता है कि नीरज आन्तरिक श्रृंगार के कवि हैं। उनका प्रेम जिस्मानी नहीं, इंसानी और रूहानी है। मानवीय गुणों का श्रृंगार करने वाले कवि को भला इस तरह के हल्के श्रृंगार से क्या लेना देना? वह तो आदमी को आदमी बनाये रखने के लिए ही प्रयत्नशील रहे हैं।

नीरज के दोहों में सन्त कवियों की मार्मिकता, नीतिपरकता तथा आध्यात्मिकता है तो उनकी रुबाइयों और गज़लों में उस्ताद शायरों की मार्मिकता तथा चुस्ती–दुरुस्ती, उनके गीतों में आन्तरिक सौन्दर्य एवं संवेदना की विशिष्ट लय तथा कविताओं में नवजागरण के उद्‌घोष के साथ–साथ जुल्म और अन्याय को चुनौती देने का अदम्य साहस दिखाई देता है। अपनी युवा अवस्था में भी कवि नीरज में युवाओं का–सा उत्साह तथा नैतिक गरिमा और आत्म–विश्वास दिखाई देता है। उनके रचना पाठ में उनके व्यक्तित्व की रंगत आज भी मुग्ध करती है। उनमें ओज के साथ–साथ सोज का मिश्रण उन्हें अनुपम बनाता है, जब वे यह कहते हैं –

अब जमाने को खबर कर दो कि 'नीरज' गा रहा है
जो झुका है वह उठे अब सर उठाये
जो रूका है वह चले नभ चूम आये
जो लुटा है वह नये सपने सजाये
जुल्म, शोषण को खुली देकर चुनौती,
प्यार अब तलवार को बहला रहा है
अब जमाने को खबर कर दो कि 'नीरज' गा रहा है।

कवि नीरज सचमुच अपनी मुग्धकारी वाणी, बोधगम्य भाषा और मार्मिक अनुभूतियों से सामान्य से लेकर विशिष्ट जनों को प्रभावित करने की क्षमता रखते हैं।

पूर्णिमा के चाँद की भव्य उपस्थिति के धवल आगमन का आनन्द हैं नीरज

डॉ0 कुंअर बेचैन

नीरज जी सिर्फ नीरज जी ही हैं। उनमें न कोई घमण्ड है न कोई गुमान। वे वेदों में नहीं जीते। वरन व्यक्ति बनकर जीने में स्वयं को गौरवान्वित महसूस करते हैं यही नीरज जी की विशेषता का चरम बिन्दु है जो उन्हें सबसे अलग करता है।

साहित्य के क्षेत्र में अनेक विभूतियाँ हुई जिन्होंने लोगों के दिलों पर राज्य किया है। वर्तमान काल में ऐसी ही एक महत्वपूर्ण विभूति पद्मभूषण श्री गोपालदास नीरज जी के रूप में है जो पिछले सात दशकों से न केवल भारत, वरन पूरे विश्व में अपने साहित्य से लोगों के दिलों पर राज कर रही है। गोपालदास ने नीरज बनने से पहले जिस संघर्षमयी जिंदगी को जिया वह एक अलग कहानी है। बचपन से ही आजीविका के लिए उन्होंने कौन से काम नहीं किए। साधारण सी नौकरी की। क्लर्की की। छोटे–छोटे अखबारों में कविताएं भेजकर छोटा–सा पारिश्रमिक प्राप्त करके संतुष्ट हुए। न जाने कितनी ही जगहें बदलीं। कितनी ही नौकरियाँ बदली। कितने ही पापड़ बेले। किन्तु बालक गोपाल और किशोर गोपाल ने साहस नहीं छोड़ा। एक ओर जीवन के संघर्षों से दो–दो हाथ किए और दूसरी तरफ पढ़ाई में विशेष योग्यता प्राप्त करके अपने गुरुजनों का स्नेह और आशीर्वाद प्राप्त किया और अपनी इसी योग्यता के कारण अलीगढ़ और मेरठ के डिग्री कॉलिजों में अध्यापन कार्य किया। बालक और किशोर गोपाल ने इतना पसीना बहाया कि पसीने की प्रत्येक बूंद उसके आभामंडल की चमक पाकर मोती जैसी दमक उठी। उसकी मेहनत की दौलत ही उसके काम आई। उसका परिश्रम ही उसके जीवन में नया रंग लाया। छोटे से गाँव में उत्पन्न इस व्यक्तित्व ने देश के सबसे बड़े महानगर मुंबई तक ही यात्रा नहीं की वरन् विदेशों के महानगरों तक भी अपने कदम बढ़ाए। गांव की पतली–पतली गलियों, खेतो–खलिहानों, तालाबों और लहराती हुई पगडंडियों पर अपने नन्हें–नन्हें कदम रखने वाले एक बालक ने बड़े होकर महानगरों की चौड़ी–चौड़ी

सड़कों और अट्टलिकाओं तक जाकर भी गाँव की झोंपड़ियों तथा वहाँ की मिट्टी की सोंधी गंध को अपने हृदय में संजोये रखा। ये गंध हमारे देश की पावन संस्कृति की गंध है जो उसे तो सुवासित कर ही रही थी, साथ ही उसके व्यक्तित्व और उसकी कविताओं के माध्यम से पूरे समाज को भी आंदोलित कर रही थी। बालक गोपालदास अपनी किशोरावस्था में ही नीरज हो गया। नीरज हो गया तो इसका आशय यही है कि वह जल में रहकर भी जल से असंपृक्त रहा। इस दुनिया के ऐश्वर्य के बीच में रहकर भी, उसे प्राप्त करके भी वह एक संत–फकीर के रूप में ही रहा।

कवि नीरज एक सफल कवि के रूप में तो प्रसिद्ध रहे ही साथ ही जागरूक चिंतक और कुशल ज्योतिषी के रूप में भी चर्चित रहे हैं। उन्होंने अनेक फिल्मों में सैंकड़ो गीत लिखकर हिन्दी और हिन्दी कविता को देश–विदेश में प्रसारित करके सम्मान दिलाया। नीरज जी की अनेक विशेषताओं में से सबसे बड़ी विशेषता यह है कि हमारे हिन्दी और उर्दू काव्य–मंचों पर इतनी दूर और इतनी देर तक अपने काव्य–पाठ की धाक जमाने वाला दूसरा कोई नहीं हुआ। चौदह–पंद्रह साल की उम्र से लेकर आज नब्बे पार की अवस्था तक वे निरंतर काव्य–मंचों पर काव्य–पाठ कर रहे हैं और अपनी दिलकश आवाज तथा काव्य के सभी श्रेष्ठ मानकों पर खरे उतरने वाले गीतों तथा गजलों से पूरे समाज के कवि– मन को प्रभावित कर रहे हैं। दूसरी बात यह है कि हिन्दी कविता के क्षेत्र में जो भी नई विधाएँ आईं उनको नीरज जी ने स्वीकार किया और उनको चुनौती मानते हुए प्रत्येक विधा में श्रेष्ठ साहित्य लिखा। गजल हो कि दोहा, गीत हो कि मुक्तक, फ्री–वर्स हो कि छंदबद्ध कविता, हाइकु हो कि जनक छंद, फिल्मी गीत हों या फिल्मेतर गीत सभी में उन्होंने फिल्मों में एक जागरूक साहित्यिक पहल की। यही नहीं फिल्म 'मेरा नाम जोकर' में तो 'ए भाई जरा देख के चलो' जैसी अतुकांत कविता को भी गीत जैसा सम्मान दिलाया। इस गीत का जीवन–दर्शन, इस गीत का यथार्थ, इस गीत का चिंतन, इस गीत का प्रवाह, इस गीत की भाषा, इस गीत की मुहावरेदारी और लय अपने आप में अद्वितीय है। इन्होंने फिल्मों में कव्वाली जैसी विधा में भी गीत लिखे और इस विधा में टप्पा आदि जैसी अन्य पुरानी शैलियों के संयोग का भी चमत्कारिक प्रयोग

किया है। इस दृष्टि से वे प्रयोगधर्मी कवि हैं। नीरज जी ने फिल्मों में सैकड़ों गीत लिखे और ज्यादातर हिट हुए। फिल्मों में दिये गए साहित्यिक गीतों की श्रंखला में उनके वे गीत भी हैं जो वे मंचों पर सुनाते रहे हैं। **'नई उम्र की नई फसल'** में उनका सबसे प्रसिद्ध गीत **'कारवां गुजर गया गुबार देखते रहे'** तथा अन्य कई गीत इसके साक्षी हैं **'शोखियों में घोला जाये फूलों का शबाब, उसमें फिर मिलाई जाये थोड़ी सी शराब, होगा जो नशा ये तैयार, वह प्यार है'** में जो प्यार की परिभाषा नीरज जी ने दी वह नई पीढ़ी का कंठहार बन गई। रूप और सौंदर्य विषयक गीत लिखने में नीरज जी को महारथ हासिल है। उनका शब्द–विन्यास, उनकी मधुरिमा, उनकी लय, उनकी नादात्मकता अपने में अनूठी है। नीरज जी ने फिल्मों में केवल गीत ही नहीं लिखे वरन् अभिनय भी किया। मनोज कुमार की फिल्म 'पहचान' में वे फिल्मी पर्दे पर भी दिखाई दिये थे। आशय यह है कि फिल्मों में भी नीरज जी का बड़ा योगदान रहा।

नीरज जी प्रारम्भ से ही प्रथम श्रेणी के विद्यार्थी रहे। उन्होंने डिग्रियाँ ही हासिल नहीं की, वरन विषयों की विशद जानकारी भी प्राप्त की। चाहे कोई सा विषय हो, वे उस पर पूरी प्रामाणिकता के साथ बात कर सकते हैं। जब वे बोलते हैं तो लगता है कि कोई संत प्रवचन कर रहा है। अपनी बात को सिद्ध करने के लिए वे संस्कृत के श्लोकों और अंग्रेजी के उद्धरणों तथा उर्दू के अशआर की एक लंबी शृंखला खड़ी कर सकते हैं। जिन्होंने उन्हें फर्राटेदार अंग्रेजी बोलते हुए सुना है वे उनके अंग्रेजी–ज्ञान से अचंभित हुए बिना नहीं रह सके होंगे। मुझे एक घटना याद आ रही है। नीरज जी और मैं आज से लगभग पच्चीस साल पहले किसी सम्मेलन में जा रहे थे और ट्रेन में सफर कर रहे थे। डिब्बा प्रथम श्रेणी का था। नीरज जी सादा लिबास में थे। वहीं पहले से एक सूटेड–बूटेड सज्जन बैठे थे। उन्होंने हम लोगों को पहचानने में भूल की। वे समझे कि हम प्रथम श्रेणी के कम्पार्टमेंट के पैसेंजर नहीं हैं। उन्होंने नीरज जी से अंग्रेजी में कुछ कहना शुरू कर दिया। उसके बाद नीरज जी ने वो फर्राटेदार अंग्रेजी बोली कि उन लाटसाहब की बोलती बंद हो गई। वह कोई नए नेता थे। नीरज जी ने उनकी नेतागिरी मिनटों में

उतार दी। बाद में उन सज्जन ने माफी मांगी। मैंने नीरज जी को कभी भी कोम्प्लेक्स्ड होते हुए नहीं देखा। बड़े से बड़ा व्यक्ति उनके सामने बैठा हो उन्होंने अपने–आप को उससे छोटा नहीं माना। चाहे वह पैसे की दृष्टि से बड़ा हो, पद की दृष्टि से बड़ा हो या ज्ञान की दृष्टि से...। इसे नीरज जी का घमंड नहीं कहा जा सकता। यह तो उनके आत्म गौरव का भाव है। अपने–आप को निष्ठापूर्वक रखने का संकल्प है, अपने भीतर सम्मान पूर्वक लौटने का करिश्मा है। उनका यह आत्मगौरव भी व्यर्थ का नहीं वरन आकाश के सितारों के सामने पूर्णिमा के चाँद की भव्य उपस्थिति के धवल आगमन का आनंद है।

नीरज जी को मैंने सबसे पहले सन् 1959 में देखा और सुना था। वे इस वर्ष में जिला मुरादाबाद के चंदौसी कस्बे के एस.एम. कॉलिज में आए थे। इस वर्ष इस कॉलिज की स्वर्ण जयंती मनाई गई थी और उसी में एक अखिल भारतीय कवि सम्मेलन भी आयोजित किया गया था जिसमें तत्कालीन बड़े–बड़े कवि आमंत्रित किए गए थे। इन कवियों में नीरज जी के साथ–साथ श्री निर्भय हाथरसी, बेकल उत्साही तथा कुछ अन्य महत्वपूर्ण कवि भी थे। पंद्रह–बीस हजार श्रोताओं के बीच कवि सम्मेलन चल रहा था। नीरज जी उन दिनों सूट पहनते थे। युवा नीरज पर सूट के साथ टाई भी बहुत फब रही थी। जादू था इनकी आवाज में। करिश्मा था इनकी कविता में, श्रोताओं की बड़ी भीड़ मंत्रमुग्ध होकर एक इकाई बनकर सुन रही थी, झूम रही थी। **'माँ मत हो नाराज कि मैंने खुद ही मैली की न चुनरिया'** जैसी प्रतीकात्मक और गूढ़ रहस्यवादी रचनाओं तथा अन्य कविताओं के साथ–साथ **'कारवां गुजर गया'** कविता मैंने सबसे पहले वहीं सुनी थी। सबसे बड़ी बात तो यह है कि मैंने उस कवि सम्मेलन के मंच से ही हजारों की भीड़ में अंग्रेजी की कविता भी सुनी, जो नीरज जी ने मृत्यु को संबोधित करते हुए लिखी थी। हिन्दी कवि सम्मेलन में मैंने आज तक किसी भी कवि से अंग्रेजी की कविता नहीं सुनी। नीरज जी जब अपनी इस कविता को झूम–झूमकर सुना रहे थे, किस शब्द पर कितना बलाघात देना है इस बात को दृष्टि में रखकर बोल रहे थे तो लग ही नहीं रहा था कि वे अंग्रेजी की कविता सुना रहे हैं। उनके हाव

भाव कविता के अर्थ को प्रकट करते चल रहे थे। सब मंत्रमुग्ध थे।

अपने समकालीन बड़े और प्रख्यात कवि से सामान्यतः उसके समय के नए कवि अवश्य प्रभावित रहते हैं। मेरा ख्याल है और शायद बिल्कुल सही है कि श्री नीरज जी के **'कारवां गुजर गया'** नामक गीत से प्रभावित होकर और इसकी लय में जितने कवियों ने गीत लिखे उतने शायद किसी भी कवि से प्रभावित होकर नहीं लिखे गए। नीरज जी जो रुबाइयाँ और चतुष्पदियाँ पढ़ते थे उनसे भी उनके बाद के कवि बहुत प्रभावित हुए। **'कारवां गुजर गया'** हिन्दी का संभवतः वह गीत था जिसमें उर्दू के शब्दों का भी धड़ल्ले से प्रयोग हुआ। यही वह भाषा थी जिसकी तलाश हिन्दी कविता की वाचिक परंपरा को थी। इसी बोलचाल की भाषा के कारण हिन्दी कविता कागजों और कमरों से निकलकर जनता के बीच में आई और उसने लोगों के मन तथा होठों पर अपना आसन जमा लिया। कविता अब सर्वसुलभ हो गई और उसने अपनी गरिमा तथा अपनी अस्मिता को भी नहीं छोड़ा। नीरज जी को इस बात का श्रेय दिया जाना चाहिए। हमारे हिन्दी के समालोचकों ने मंच की कविता अर्थात् वाचिक परंपरा की कविता के प्रति न्याय नहीं किया। उसे दोयम दर्जे की कविता माना। कविता को खानों में बांट कर देखने के कारण ही अनेक श्रेष्ठ कवि साहित्य के क्षेत्र में अपना उचित आसन प्राप्त करने से रह गए। मेरी समझ में यह आज तक नहीं आया कि कागज पर होने से श्रेष्ठ कही जाने वाली कविता मंच पर आ जाने से छोटी कैसे हो गई। किन्तु कविता अगर कविता है तो वह तथाकथित लोगों के निर्णय, पुरस्कार या स्वीकृति की मोहताज नहीं होती। असली निर्णायक तो पाठक–वर्ग ही होता है। कविता सुनकर उसे सराहने वाला ही उसका सच्चा समालोचक है। नीरज जी के साहित्य को विषय बनाकर अनेक शोधार्थियों ने अलग–अलग विश्वविद्यालयों से शोधकार्य सम्पन्न कर लिए हैं। यही इस बात का द्योतक है कि नीरज जी का साहित्य उच्च कोटि का समृद्ध साहित्य है। मंच और साहित्य दोनों में अपना स्थान बनाने वाले कुछ कवियों में नीरज प्रथम पंक्ति में आने वाले कवि हैं। वे जितने पुस्तकों और पत्रिकाओं में चर्चित हैं उतने ही मंच पर भी ऐसा सौभाग्य किसी–किसी को ही मिलता है।...

मैं उन दिनों इंटरमीडिएट का छात्र था और अपने कॉलिज में तथा नगर चंदौसी में काव्य–मंचों पर कविता–पाठ करता रहता था। मेरी उम्र उस समय 16 वर्ष की थी। इसी समय अपने शहर से बाहर जिस पहले कवि सम्मेलन में मैंने कविता–पाठ किया, उसमें श्री नीरज जी भी उपस्थित थे। यह मेरा सौभाग्य था कि मेरे पहले कवि सम्मेलन की शुरुआत उस सम्मेलन से हुई जिसमें मुझे श्री नीरज जी का आशीर्वाद मिला। तब से लेकर आज तक लगभग 60 वर्षों से मुझे श्री नीरज का सानिध्य मिलता रहा है। उनका आशीर्वाद, उनका प्यार, उनका दिशा–निर्देश, उनकी प्रस्तुति, इन सबने मुझे बहुत संबल दिया है। अपने काव्य मंचों के पूरे जीवन में कम से कम तीन–चार सौ कवि सम्मेलनों में श्री नीरज की उपस्थिति में कविता–पाठ का सुअवसर मुझे मिल चुका है। वैसे श्री हरिवंशराय बच्चन, श्री रामधारी सिंह दिनकर, श्री सोहनलाल द्विवेदी, श्री श्यामनारायण पाण्डेय, श्री रामेश्वर शुक्ल अंचल, डॉ. रामकुमार वर्मा, श्री भवानीप्रसाद मिश्र, श्री शिवमंगल सिंह सुमन, श्री वीरेन्द्र मिश्र, श्री बलवीरसिंह रंग, श्री रमानाथ अवस्थी, श्री भारतभूषण, श्री सोम ठाकुर, श्री किशन सरोज जैसे वरिष्ठ कवियों के साथ कविता–पाठ करने का सुअवसर मुझे मिला। किन्तु सबसे लम्बी काव्यावधि श्री नीरज जी के साथ रही। साफ है कि मैं मंच के बादशाह नीरज जी के संपर्क में सर्वाधिक रहा।

नीरज जी के काव्य–लेखन की एक विस्तृत काल–अवधि है। आधुनिक हिन्दी कविता के कई युग इस कालावधि के अंतर्गत आ जाते हैं। यही कारण है कि नीरज जी की कविता के अनेक रंग हमें देखने को मिलते हैं। नीरज जी से पहले डॉ. हरिवंशराय बच्चन ने हिन्दी कविता के मंचों को सुशोभित किया। बच्चन जी की मधुशाला की उन दिनों बड़ी धूम थी। मधुशाला के माध्यम से जो मानवता की बात बच्चन जी ने की थी उसी को श्री नीरज जी ने आगे बढ़ाया। बच्चन के प्रेम गीतों का भी अलग रंग था। कवि नीरज ने भी अद्वितीय प्रेमगीतों की रचना की। एक बात और, वह यह कि बच्चन जी से पहले कविता की भाषा छायावादी प्रभाव वाली वायवी भाषा थी। उसमें तत्सम शब्दावली का प्रयोग अधिक था। इस कारण कविता

पाठ्य–क्रमों की चीज तो बनी रही किन्तु जन–मानस से दूर होती चली गई। बच्चन जी की भाषा को और भी जनता के करीब लाने का काम श्री नीरज जी ने किया। एक प्रकार से कहा जाये तो यह कहा जा सकता है कि हिन्दी कविता की वाचिक परम्परा समृद्ध करने वाले जो भी कवि रहे हैं उनमें दूर तक इस परम्परा का सम्मानपूर्वक निर्वाह करने वालों में श्री नीरज जी का जो स्थान है उसे भुलाया नहीं जा सकता।

छायावादी कविता की शैली में जो रहस्यवाद था वह भी बड़ा दुरुह था, किन्तु नीरज जी ने उसे आसान भाषा और सरल प्रतीकों में अभिव्यक्त किया। एक यह कारण भी है जिससे नीरज की कविता भारतीय जन–मानस तक आसानी से पहुँच सकी। साहित्य के अध्येता जानते ही हैं कि छायावाद के बाद जिस प्रगतिवाद ने कविता को सर्वहारा की ओर मोड़ा था और शोषण के विरुद्ध आवाज उठाई थी उसकी नुमाइंदगी नीरज जी की कविता ने भी की। उनकी प्रारम्भिक कविताएं इस बात की साक्षी हैं। हिन्दुस्तान में ही नहीं वरन विदेशों में भी साहित्यिक क्षेत्र में जो प्रगतिवादी आंदोलन चल रहे थे नीरज जी ने खुली आँखों से उन्हें देखा और महसूस भी किया। उनकी कविताओं में शोषितों के दुख–दर्द का खुला बयान है। वे विद्रोही कवि भी हैं किन्तु उनका विद्रोह प्रेम की नींव पर खड़ा है। पूरा संसार भयंकर विश्व युद्धों से गुजरा। कवि नीरज ने पूरी संवेदना और समझ के साथ युद्ध की विभीषिकाओं को चित्रित किया। उनकी 'अगर तीसरा युद्ध हुआ' कविता एक ऐसी मानक कविता है जिसकी कोई मिसाल नहीं। नीरज जी ने अपनी छोटी उम्र में ही परतंत्र भारत में आजादी के गीत लिखे और गाये भी।

हाँ, तो मैं कह रहा था कि नीरज जी ने आधुनिक कविता के सभी युग देखे। प्रगतिवाद ने जहां कविता को जन–जन से जोड़ा और उसके दुख दर्द को काव्याभिव्यक्ति दी वहीं कुछ प्रयोगवादी कवियों ने कविता को फिर समाज के खुले मंच से कमरों तक लौटा लिया। कविता केवल नए–नए प्रयोगों के फेर में पड़ गई। ऐसे समय में भी नीरज जी ने कविता को जनता के बीच से नहीं लौटाया। हाँ, उन्होंने कविता में नए प्रयोग अवश्य किए लेकिन ये प्रयोग केवल प्रयोग के लिए नहीं थे वरन भाषा शिल्प और कथ्य की

दृष्टि से कविता को जनता के करीब पहुँचाने के लिए थे। आशय यह है कि कवि नीरज कवि के धर्म को निबाहते रहे। वे लोक–जीवन से अलग नहीं रहे। उन्होंने कविता को केवल मनोरंजन का विषय नहीं बनाया वरन उसे लोक–रंजन से लोक–मंगल तक की यात्रा कराई। उसमें साहित्य के 'सत्यम्, शिवम, सुंदरम' के उद्देश्य को भी जीवित रखा।

नीरज जी की कविता धर्म और जातियों से ऊपर उठकर मानवतावादी रही। किन्तु नीरज जी के मानवतावाद में मानववाद ही सर्व प्रमुख है। वे मानव होने को श्रेष्ठ मानते हैं। मानव अपनी कमजोरियों के बावजूद पूजनीय है। स्नेह योग्य है। नीरज जी की कविता यथार्थ की जमीन पर चलती हुई उच्च जीवन –मूल्यों की तलाश में लगी रहती है किन्तु जैसा कि मैंने पहले ही कहा कि उनके जीवन–मूल्य मानव–मूल्यों से अलग नहीं है। यही नीरज जी की वह विशेषता है जो अन्य कवियों से उन्हें अलग करती है। वे कहते भी हैं –

'बस यही अपराध मैं हर बार करता हूँ,

आदमी हूँ आदमी से प्यार करता हूँ।'

नीरज जी को भारत सरकार की ओर से पद्मश्री और पद्मभूषण की उपाधियाँ मिलीं। उन्हें उत्तर प्रदेश सरकार की तरफ से भारत भारती सम्मान और तत्कालीन मुख्यमंत्री श्री मुलायम सिंह यादव की ओर से पाँच लाख का यश भारती सम्मान भी मिला। उत्तर प्रदेश में उन्हें भाषा विभाग में मंत्री पद के समकक्ष का पद भी मिला। इसके अतिरिक्त वे अन्य अनेक उपाधियों और सम्मानों से विभूषित हो चुके हैं। अमेरिका आदि अनेक देशों की यात्रा भी कर चुके हैं। नीरज जी ने आगरा में नीरज फाउंडेशन के नाम से एक ट्रस्ट भी निर्मित किया है जिसके माध्यम से बहुत से कार्यक्रम कराये जाते हैं। नीरज जी ने इन कार्यक्रमों को कराने में भी अपनी कल्पनाशीलता का उपयोग किया है। एक बहुत ही महत्त्वपूर्ण कार्यक्रम उनके निर्देशन में हुआ। यह कार्यक्रम दिल्ली के आखिरी मुगल बादशाह बहादुरशाह जफर की उपस्थिति में लालकिले में होने वाले मुशायरे की प्रतिकृति के रूप में किया गया। पहले लखनऊ में फिर आगरे में यह कार्यक्रम हुआ। इसमें देश के प्रमुख कवियों

और शायरों को तत्कालीन उन शायरों की वेषभूषा में मंच पर लाया गया था, जो बहादुरशाह जफर के समय लालकिले में होने वाले मुशायरे में सम्मिलित हुए थे। ऐसी ऐतिहासिक खोजक दृष्टि नीरज जी की ही हो सकती थी। नीरज जी बहादुरशाह जफर की वेषभूषा में बिल्कुल बहादुरशाह जफर ही लग रहे थे। मुझे भी इस कार्यक्रम में तत्कालीन एक शायर की वेषभूषा में उनका रोल करने का मौका मिला। नीरज जी ने बड़े–बड़े कारनामें किए और इतनी सारी उपलब्धियों को प्राप्त करने के बावजूद नीरज जी सिर्फ नीरज जी ही हैं। उनमें न कोई घमंड है न कोई गुमान। वे पदों में नहीं जीते वरन व्यक्ति बनकर जीने में स्वयं को गौरवान्वित महसूस करते हैं। यही नीरज जी की विशेषता का वह चरम बिन्दु है जो उन्हें सबसे अलग करता है।

नीरज जी के साथ रहने वाले या उनके साथ सफर में चलने वाले नीरज जी के बारे में बड़ी ही सहजता से कह सकते हैं कि नीरज जी स्वभाव से बालक हैं। जैसी बालकों में चंचलता और बेसब्री होती है वही नीरज जी के स्वभाव में है। वे रेल के डिब्बे में बैठे हैं, गाड़ी रूकी है, प्लेटफार्म पर चाट वाला आवाज लगा रहा है, मंगोड़े वाला मंगोड़े बेच रहा है। भला तब नीरज जी अपनी रसना को संयम में रख पाएंगे? अपने साथ के कवि से अवश्य में चाट या मंगोड़े मंगा लेंगे। ये बात अलग रही कि एक दो लुकमा लेकर छोड़ देंगे और फिर उनकी तारीफ में या बुराई में जरूर टिप्पणी देंगे। मैंने कई बार उन्हें गुस्सा होते देखा है किन्तु तुरंत ही उनका गुस्सा काफूर हो जाता है छोटे बच्चे की तरह। वे छोटे बच्चे की तरह ही अचानक जिद कर बैठेंगे और अपनी जिद के सामने किसी की चलने न देंगे और अचानक ही कह बैठेंगे 'चलो छोड़ो।' कभी–कभी तो उनकी इन छोटी–छोटी जिदों पर हंसी भी आती है। कभी वे बच्चे की तरह किसी के सिखाये में आ जाएंगे, भोले भंडारी बन जायेंगे और अगर अपनी पर आ जायें तो बड़े– बड़े सूरमाओं के छक्के छुड़ा दें। ऐसा प्यारा बचपना मैंने किसी भी कवि में नहीं देखा। वे एक खुली किताब की तरह हैं। कोई बात छुपा ही नहीं सकते। मजे की बात यह है कि उनके तथाकथित दोषों को भी लोगों ने विशेषताओं के रूप में स्वीकार कर लिया है। उनके कविता पढ़ने के अंदाज में एक नशा दिखाई देता है। लोग

समझते है कि वे नशे में हैं। किन्तु आज तक उन्हें किसी ने लड़खड़ाते नहीं देखा होगा। उनका अपना एक मूड है और यही उनका एक बड़ा नशा है। दो एक घूंट इस नशे के सामने कुछ भी नहीं है। संसार में जो कुछ भी सुंदर है उसे वे बहुत महत्व देते हैं किन्तु उनकी दृष्टि में नारी से ऊपर संसार का कोई सौंदर्य नहीं है। नारी से बड़ा कोई नशा नहीं है।

वैसे तो हमेशा ही स्वभाव से फकीर हैं। कुछ भी पहना दो। कुछ भी खिला दो। कहीं बैठा दो। कहीं सुला दो। ज्यादा नाज–नजरे नहीं। हाँ, इन दिनों अपने स्वास्थ्य के कारण जरूर कुछ आवश्यकताएँ आड़े आती हैं परन्तु वे उनके नाज–नखरे का पार्ट नहीं हैं। वरन उनकी आवश्यक आवश्यकताओं में शामिल हैं। बिखरे हुए बाल, कोई सा भी कुर्ता, कभी गहरा लाल, कभी गेरूआ, कभी सफेद और अलीगढ़ कट पाजामा यह लिबास ही उन्हें ज्यादा भाता है। इन दिनों तो वे मंच पर लुंगी बांध कर भी आ जाते हैं। बिलकुल संत, पूरे फकीर जैसे लगते हैं वे। हमेशा की तरह वही मंच पर गाँव–तकिये पर बैठकर कविता को रस में डूबकर सुनाने की कला जैसी नीरज जी में है वैसी अन्य किसी में नहीं। मैंने आज तक उन्हें किसी कागज को आगे रखकर कविता पढ़ते नहीं देखा। सारी कविताएं याद हैं। चाहे वह कितनी ही पुरानी हो। हम उनके सामने के नए लोग भले ही कविता–पाठ करते हुए अपनी कविता भूल जाएँ किन्तु आज तक नीरज जी को कविता भूलते हुए किसी ने नहीं देखा होगा। आज वे 93 वर्ष के हैं तब भी आज भी उनकी आवाज वैसी की वैसी है। वैसी ही सुरीली, वैसी ही गहरी, वैसी ही जादूगरनी, वैसी ही फ्रेश और वैसी ही दिल में उतरने वाली तथा मनमोहक। अगर मूड में आ जाएँ तो इस उम्र में भी दो–दो घंटे कविता–पाठ की सामर्थ्य अब भी उनमें है। वे ऐसे ही बने रहें, ऐसे ही मंच पर साहित्य की अलख जगाते रहें, ऐसे ही गाते रहें, ऐसे ही जन–मानस को रिझाते रहें। वे चिरजीवी हों, स्वस्थ रहें, उनके चिरयुवा रहने की तस्वीर ऐसी ही बनी रहे, इस शुभकामना के साथ...

नीरज : सखा भाव की साख

डॉ0 अशोक चक्रधर

.कवि सम्मेलनों में एक ऋषि का सत्संग निरंतर करता रहा हूँ, वे हैं श्रीयुत गोपालदास नीरज। नीरज जी को पहली बार 1962 में खुर्जा के एस. एस.जे.ई.सी. इंटर कॉलेज में देखा था। यहीं मेरे पिता श्री राधेश्याम प्रगल्भ पढ़ाते थे और कालेज में प्रतिवर्ष एक कविसम्मेलन आयोजित किया करते थे।

प्रिंसिपल की कंपकंपी छूट रही थी

नीरज जी जिस समय कॉलेज के प्रधानाचार्य श्री एल.एन. गुप्ता के कक्ष में आए मैं वहीं था। आखिर कवियों की सूची में बालकवि अशोक शर्मा के रूप में मेरा भी नाम था। बाकायदे न्यौतित कवि! उस समय मेरे लिए हैरानी की बात यह थी कि हम सबके लिए सबसे ज्यादा आदरणीय एवं हृदय–लोक में सर्वोच्च पदासीन व्यक्ति यानी प्रधानाचार्य नीरज जी को साक्षात देखकर परम रोमांचित हो उठे। आंतरिक स्नेहावेश में उनकी कंपकंपी सी छूट रही थी। यह देखकर मैंने पहली बार नीरज जी को जरा ध्यान से देखा।

छरहरा लंबा शरीर, गालों पर हीमैन वाले गड्ढे, बंद गले में भारतीयता की एक गरिमा, सम्मोहक मुस्कान, सबके प्रति सौहार्द्रपूर्ण व्यवहार, निरभिमानी आत्मीय संवाद। उनके आते ही सब खड़े हो गए थे। मैं इतना छोटा था कि लोगों के बीच किसी तरह से घुसकर आगे निकल आया था और चेहरा ऊपर उठाकर उनके मुख से झरते शब्दों को समझने की चेष्टा कर रहा था।

जलवा हुआ करता था नीरज जी का। काई सी फट जाना एक मुहावरा है, नीरज जी जब किसी सभा में पहुँचते थे तो इस मुहावरे का अर्थ समझ में आता था। ये वो दौर था जब लोगों को साहित्य की खुराक या तो कवि सम्मेलनों से मिलती थी या अपने कस्बे के वाचनालय से। सब लोग अखबार या पत्रिकाएं खरीदें कहाँ मुमकिन होता था। स्वास्थ्य–चिन्ता अथवा मित्र–मिलन के उद्देश्य से कुछ पढ़े–लिखे लोग टहलने जाते थे और लौटते समय वाचनालय में थोड़ा समय बिताते थे। शहर में कवि सम्मेलन होना हो

तो पूरा शहर उस रात का इन्तजार करता था। वह रात उस शहर के लिए साहित्य की रात होती थी। बिना शक कहा जा सकता है कि शहर की साहित्य–सुरुचि का कामना–केन्द्र कवि सम्मेलन होता था और कवि सम्मेलन के केन्द्र में हुआ करते थे गीत और गीत के केन्द्र में थे नीरज जी।

हमारे इंटर कॉलेज के कवि सम्मेलन की अध्यक्षता श्री सोहनलाल द्विवेदी ने की थी। नीरज जी ने क्या सुनाया था मुझे बिल्कुल याद नहीं क्योंकि मैं तो अपनी ही कविता के नशे में था। वैसे भी कविगण एक–दूसरे की कविता सुनते कहाँ हैं। दाद देना या वाह–वाह करना प्रायः अवचेतन का अभ्यासजन्य कौशल होता है।

बच्चन जी से प्रभावित

कुछ अरसे बाद बुलंदशहर की नुमाइश के कविसम्मेलन में पुनः नीरज जी के दर्शन हुए। वहां मैंने भी कविता पाठ किया था। मेरी कविता पर नीरज जी मुग्ध हुए और उन्होंने सार्वजनिक रूप से घोषणा की कि वे अपनी किताबों का पूरा सैट इस बालक को पुरस्कार स्वरूप भेजेंगे। मैं परम प्रसन्न। यह बात मैं सबको बताता घूमता था कि नीरज जी की किताबों का सैट बस आने ही वाला है। पर अफसोस कि नीरज जी सैट की बात भूल गये। किताबों का सैट नीरज जी की पूर्व स्मृति से राइज होने के बजाए विस्मृति के पश्चिम में सन की तरह सैट हो गया। खैर नीरज जी भूले पर मुझे तो याद रहा।

1965 में हाथरस में एक कवि सम्मेलन में मेरी कविता से प्रभावित होकर एक सेठजी ने मुझे इक्कीस रुपये पुरस्कार रूप में दिये। मेरे मन में तब यह भाव था कि मैं कवि हूँ, मुझे पैसों की क्या जरूरत। नीरज जी की किताबों की तरह सैट की तरह पुस्तकें मिलें तो स्वीकार भी करूँ। मैंने इक्कीस रुपये तभी बाढ़–पीड़ितों के लिए दानस्वरूप तहसीलदार महोदय को दे दिये और मंच पर बैठे नीरज जी को पुस्तकों के सैट की याद दिलाई।

फिर नीरज जी को 1968 में देखा मथुरा में। वे आकाशवाणी के कवि सम्मेलन में किसी सुंदर सी मित्र के साथ आए। तब तक नीरज जी के सत्संग के किस्से बहुत मशहूर हो चले थे। मैं उन दिनों अपना कैशोर्य पार कर रहा था। मैंने उन्हें प्रणाम किया पर वे मुझे पहचान नहीं पाए कि यह वही बालक है जिससे उन्होंने कभी कोई वादा किया था। यहां मैं सिर्फ श्रोता की हैसियत से था। शायद पहली बार मैंने नीरज जी को ध्यान से सुना। वे बच्चन जी से

गहरे प्रभावित थे। बच्चन जी की उस मधुशाला से जिसमें शराब कम थी पर नशा ज्यादा था। उनकी कविताओं में जहाँ एक ओर जन–मन के प्रति एक व्यापक मानवतावादी सोच दिखी वहीं दूसरी ओर आशा और निराशा के बीच झूलती हुई मृत्यु की अनेक परिभाषाएं। सरल–सहज भाषा जीवनानुभूति प्रेमानुभूति और सौंदर्यनुभूति का सांगीतिक सम्मिश्रण।

दस साल निकल गए

बहरहाल मैं तो 1968 के बाद अलग सी राह पर निकल पड़ा और कवि के रूप में मुझे मुक्तिबोध मिल गए। थैंक्यू सुधीश पचौरी! मैं आधुनिक भावबोध के कवि मुक्तिबोध में इतना डूबा कि फिर मुझे किसी और कवि अथवा किसी और किस्म की कविता की ओर आकर्षण नहीं जान पड़ा। दस साल निकल गए। 1968 से 1978 के बीच में, मैं कविसम्मेलनों में भी नहीं गया। नीरज जी तब तक मुंबई जाकर फिल्मों में बतौर गीतकार अपना नाम और काम जमा चुके थे। नीरज जी के ग्लैमर में फिल्मी कीर्ति और जुड़ चुकी थी।

पर एक अलग तरह बात हुई जिसकी चर्चा उनके समकालीन कवियों ने ज्यादा की कि जिन फिल्मों में नीरज जी गीत लिखते हैं वो तो फ्लाप हो जाती हैं पर गीत हिट हो जाते हैं। मेरा नाम जोकर इस बात का एक उदाहरण थी। कहा जाता था कि नीरज जी इस तरह की बातें सुन–सुनकर परेशान हो गए और मुंबई छोड़कर वापस अलीगढ़ आ गये और मजे की बात ये कि उनके आते ही वह फिल्म हिट हो गई, जिसके गीत लिखकर वे लौटे थे। इस फिल्म का नाम था शर्मीली।

संचालन के लिए क्लीन चिट

नीरज जी से अगली मुलाकात 1979 में कासिमपुर पावर हाउस अलीगढ़ के एक कवि सम्मेलन में हुई। इस कवि सम्मेलन के आयोजक श्री देशराज मुझसे संचालन करवाना चाह रहे थे क्योंकि दरियागंज के एलाइंस कवि सम्मेलन में उन्होंने मेरा संचालन देखा था। नीरज जी मुझे पहचाने नहीं। यद्यपि मेरे पिता भी वहाँ थे लेकिन उन्होंने पुत्र रूप में मेरा उनसे परिचय कराया नहीं। इधर मेरा नाम भी बदल चुका था। मेरी उपस्थिति में भी उन्होंने देशराज जी से कहा – कोई चक्रधर वक्रधर नहीं सीधे सोम से कराओ। देशराज जी ने उनकी चिरौरी की – दद्दा ए दद्दा! अरे आप देखिए

तो सही चक्रधर जी यूनिवर्सिटी में पढ़ाते हैं। सोम जी का संचालन तो सैंकड़ों बार सुना होगा, नयों को भी तो मौका मिले। नीरज जी ने बीड़ी का एक लंबा कश खींचा धुआँ नीचे की तरफ छोड़ा और धुआँ वापस उन्हीं के नथनों में आने लगा तो उन्होंने अपनी गर्दन ऊपर की ओर घुमाई छत की ओर देखने लगे। खांसी आई तो एक हाथ गर्दन तक चला गया। देखते छत की ओर ही रहे जैसे वहां कोई रचनाकर्म में तल्लीन मकड़ी विचारों का जाला बना रही हो। ऊपर देखते–देखते ही बोले – जो इच्छा हो करिए देशराज जी! वैसे सोडा मंगा लिया या नहीं? देशराज जी मुदित मन बोले– जी हां, इंतजाम सारे पक्के हैं। उन्हें नीरज जी की ओर से क्लीन चिट मिल चुकी थी।

झूमते भी हैं और झूमाते भी हैं

मैं अंदर ही अंदर मगन था और संचालन के लिए होमवर्क करना चाहता था ताकि मेरे संचालन के बाद जब परिचय हो तो नीरज जी को कोई मलाल नहीं साले। नीरज जी के लिए एक विशेषमाला मैंने तभी गढ़ी **और लीजिए अब पुकारता हूँ गीत सम्राट को जिनकी बानी प्रेम की बानी है, जिनका शब्द–शब्द प्यार की कहानी है। कहानी जो भावनगर से अर्थनगर तक जाती है हालांकि कई बार अर्थजगत की तलाश में अलीगढ़ से बंबई जाकर रूक जाती है। लेकिन चूंकि ठाठ फकीरी का है, मामला आँसू के सम्मान का है, सरोकार देश के सबसे गरीब इंसान का है, इसलिए वे कहते हैं चल रे बटोही वापस चल। शोखियों में फूलों का शबाब घोला जा चुका है। विडंबना है कि बंबई में स्वप्न फूलों की तरह झरने लगे हैं, मीत शूलों की तरह चुभने लगे हैं। चल कवि नीरज वापस कविसम्मेलनों की ओर चल। और दोस्तों आज नीरज जी हमारे बीच हैं कवि सम्मेलन की सशक्त वाचिका परम्परा के साथ। मैं नीरज जी के रूप में गीतों के पूरे एक कारवां को पुकारता हूँ। श्रोता मित्रों तालियों के स्वर का ऐसा गुबार उठाओ कि नीरज जी देखते रह जाएं।**

स्नेह की सघन बरसात

धुँआधार तालियाँ बजीं नीरज जी धुआँधार जमे। कवि सम्मेलन में श्रोता भी रात भर रमे। बाद में जब नीरज जी को मेरा संपूर्ण परिचय मिला तो वे मेरे लिए स्नेह की सघन बरसात में बदल गए। मैंने याद दिलाया लगभग

सोलह साल पुराना वादा किताबों के सैट का। उसके बाद तो निरंतर उनका सत्संग रहा पर बता दूँ कि आगे आने वाले सोलह साल तक भी सैट नहीं मिला। मैं बिना अपसैट हुए प्रतीक्षा करता रहा।

कवि सम्मेलनों में बराबर उन्हें उनके वादे की याद दिलाता रहा। बेशर्म होकर कई मंचों से भी नीरज जी की वादाखिलाफी की चर्चा की। वे मुस्कुराकर रह जाते थे। एक मंच पर उन्होंने भी सार्वजनिक रूप से कहा कि तीन खंड़ों में मेरी रचनावली आने वाली है आते ही अशोक को दूँगा। सन् 1994 में रचनावली भी छप गई। पर मिली मुझे सन् 2000 में। यानी वादे के लगभग 36 साल बाद। विलंब तो हुआ लेकिन भेंट के संबोधनों में उन्होंने पुरानी सारी कसक और कसर निकाल दी। रचनावली के पहले खंड में उन्होंने मुझे अप्रतिम व्यंग्य नक्षत्र कहा दूसरे खंड में हिन्दी का सर्वश्रेष्ठ व्यंग्यकार और तीसरे में व्यंग्य का अद्‌भुत कवि लिखा। मैं संकोच में खड़ा उन्हें देख रहा था और सोच रहा था कि ये विशेषण हैं अथवा मूलधन के साथ ब्याज

सखा भाव की साख

90 पार कर चुके इस युवा के बारे में तमाम तरह की किवंदतियाँ प्रचलित हैं जिनमें से अधिकांश सुरीली हैं क्योंकि उनका संबंध सुरा और सुंदरियों से है। नीरज जी की एक कविता में बड़ा रोचक प्रसंग है कि वे एक चूड़ी बेचने वाली मनिहारिन के यहां तरह–तरह की चूड़ियाँ देख रहे हैं और सोच रहे हैं अपनी पत्नी के लिए कौन चूड़ी खरीदे कि तभी एक कंगन उनकी तरफ चला आता है। वे कहते हैं –

पर जब तक मैं कुछ मोल करूँ उससे तब तक
खुद मुझे खोजता कोई कंगन आ पहुंचा।
जब तक कुछ अपनी कहूँ सुनूं जग के मन की
तब तक ले डोली द्वार विदा – क्षण आ पहुँचा।

नीरज जी कंगन को एक प्रतीकार्थ देना चाह रहे हैं। पर मैंने कवि सम्मेलनों की असंख्य यात्राओं में देखा कि तमाम तरह के कंगन उनकी ओर खिंचे चले आते हैं। मैं दावे से कह सकता हूँ कि बीसवीं सदी में किसी कवि को महिलाओं का इतना निश्छल प्रेम–स्नेह प्राप्त नहीं हुआ होगा जितना

नीरज जी ने हासिल किया।

मैंने देखा कि नीरज जी को उनकी महिला मित्र एक अद्‌भुत सखाभाव से देखती हैं। नीरज जी को अपना ऐसा सखा मानती हैं जिससे अपने जी की तमाम बातें की जा सकती हैं। सखी होने की पूरी लिबर्टी लेती हैं। आत्मीयता से अपने सखा को अधिकारपूर्वक डांटती हैं – एक परांठा तो खाना ही पड़ेगा। अब और बीड़ी नहीं पीने दूंगी। बहुत देर से बातें कर रहे हैं अब सो भी जाइए वगैरा। ऐसी स्नेहपूर्ण डांटे वे निरंतर खाते रहते हैं। कोई–कोई सखी एकाधिकारिणी भी हो उठती है और नीरज जी मुस्कुराते हुए निरीह आज्ञाकारी।

वैसे वे ज्योतिष के परम ज्ञाता हैं पर मैंने कभी भी उन्हें किसी महिला का हाथ देखते हुए नहीं पाया। महिलाएं ही उनका हाथ पकड़कर उन्हें डांटती–समझाती रहती हैं। अलग–अलग नगरों में मैंने नीरज जी की अलग – अलग सखियां देखीं। सभी गंभीर दायित्वबोध से परिपूर्ण अपनेपन की आत्मीय प्रतिमाएं। मैंने नीरज जी के सखाभाव में एक साख पाई। नीरज जी के सुरापान के बारे में मैं साफ कह दूँ कि वह उतनी पीते नहीं है जितना झूमते और झुमाते हैं।

इंसानियत में घुला अध्यात्म का संदेश

मंच को नीरज जी का प्रदेय यह है कि उन्होंने मंच के माध्यम से व्यापक हिन्दी जनमानस को प्रेम और इंसानियत में घोलकर अध्यात्म संदेश दिया है। वर्ग, वर्ण, जाति–पांति से उठकर बृहत्तर मानवीय सरोकारों को उन्होंने बराबर रेखांकित किया है। इंसानियत के तमाम सकारात्मक तत्वों के प्रति वह बहुत ही आशावान रहते हैं। **'तीसरा युद्ध नहीं होगा'** उनकी बहुत ही महत्वपूर्ण कविता है। **कारवां गुजर गया** तो उनकी ऐसी रचना है जिसे दर्शक उनसे सुनते ही सुनते हैं।

लेकिन एक वाजिब शिकायत

पर नीरज जी से मेरी एक वाजिब शिकायत है। नीरज जी को पता ही नहीं है कि वे नीरज जी हैं। उन्हें अपनी प्रभावान्वित और अपार क्षमताओं का बोध नहीं है। ऐसा इसलिए लगता है कि मंच पर चल रही तमाम नकारात्मक प्रवृत्तियों के प्रति वे एक चुप्पी का सा रूख अपना लेते हैं। मैं जानता हूँ कि मंच की विकृतियाँ उन्हें पचती नहीं है। ऐसे में वे क्या करते हैं

कि मंच पर जाते ही कहते हैं कि उनका स्वास्थ्य खराब है सो उन्हें जल्दी कविता पाठ करके जाने की अनुमति दी जाए। मंच के तमाम दुर्गुणों को सह न पाने की वजह से यह पलायन का रवैया है। मंच का स्वास्थ्य खराब बताने के स्थान पर वे स्वयं को अस्वस्थ बताते हैं। उन्हें यह भी लगता है कि हास्य कविताओं के इस होहल्ले में गीत भला कहाँ जम पाएगा। पहला गीत जमते ही वे भरपूर स्वस्थ दिखने लगते हैं और फिर घंटों सुना सकते हैं।

मंच का स्वास्थ्य खराब होने के लक्षण देखने के बाद नीरज जी को उनसे किनाराकशी नहीं करनी चाहिए बल्कि स्वस्थ कविता के लिए आह्वान करना चाहिए। उन्हें समझना चाहिए कि उनके पास एक बहुत बडी फौलोइंग है। उनके आह्वान से स्थितियाँ सुधर सकती हैं। नब्बे–पारा यह नौजवान बहुत–कुछ कर सकता है। पर वह करता नहीं है और भाग जाता है। मंच की मचान से अगर वह कोई बात कहेंगे तो मेरा विश्वास है कि बाकी लोग उसे क्लास के छात्रों की तरह सुनेंगे। पर वे कहें तो। फिलहाल मैं उनके लिए कहता हूँ –

दहकी दर्द–सलाख नीरज में
अरमानों की राख मिलेगी नीरज में
तितली कलियां गलियां गिनना बंद करो
सखा भाव की साख मिलेगी नीरज में।

एक तहजीबी पुल का नाम है गोपाल दास नीरज

मुनव्वर राणा

अपने बेहतरीन और उलझे हुए बालों को सँवारने की कशमकश में उलझाये, आँखों में कई सदियों की थकन और रतजगे छुपाये, अपने उतरे हुए चेहरे पर मोहब्बत की नाकामी की भभूत मले, सिगरेट और जलती बुझती बीड़ियों के निकोटीन से फेफड़ों को दागदार करता हुआ, वक्त के चलते–फिरते स्क्रीन पर जिन्दगी की रंग–बिरंगी तस्वीरें देखता हुआ, मौसम की बेरहमी का मजाक उड़ाता हुआ, लड़कपन को जवान होते, देहातों को शहरों में बदलते और बुढ़ापे को शमशान की तरफ बढ़ते देखता हुआ, सुबह के आसार नुमायाँ होते ही बोझल कदमों से धीमे सुरों में गुनगुनाता हुआ, शराबखाने की हाव–हू से निकलकर इन्तिजार की दहलीज पर बैठी हुई खौफनाक तन्हाई की उजड़ी हुई मांग में जिन्दगी का सिन्दूर भरने के लिए यह जो शख्स चला आ रहा है यह गोपाल दास नीरज हैं।

कभी अपनी महरूमियों पर इतना रोया कि सावन शर्मिन्दा हो गया, कभी अपनी उदासी पर इतना हँसा कि कैदखानों की दीवारें हिल गईं, शराब में गमों को इतना घोला कि वे बेअसर हो गईं, आवारगी की इतनी रफ्तार सौंप दी कि मंजिलें रेल से गुजरते हुए दरख्तों की तरह मिलती और बिछड़ती गईं, बेवफाईयों के अवराक (पन्नों) पर इतने बोसे टाँक दिये कि उसे अय्याशी की सनद और एतबार हासिल हो गया। किसी से बिछड़ने का इंतिकाम सारी जिन्दगी मील के पत्थरों से लेने का इरादा कर लिया, वो चलता रहा और सिर्फ चलता रहा। उर्दू वाले पूछते हैं कि तुम कवि हो या शायर, तो वह हँसते हुए कहते हैं, "मैं कवि हूँ" और जब हिन्दी वाले यही सवाल दोहराते हैं तो वो पूरे एतमाद (विश्वास) के साथ कहता है 'मैं शायर हूँ'। वह अपनी तरंग में कुछ और आगे बढ़ता है तो मजहबी ठेकेदार उसको घेर लेते हैं और उसका मजहब पूछते हैं। वह सिसकियाँ लेते हुए कहता है कि मैं सिर्फ इंसान हूँ, इंसान पैदा हुआ हूँ और इंसान की तरह मरूँगा भी! लेकिन मेरी

अर्थी तुममे से उन्हीं के हवाले की जायेगी जो अकसरियत (Majority) में होंगे, क्योंकि जम्हूरियत के सियासी बाजार में अकलियत (Minority) खोटे सिक्के की तरह होती है, यह सिक्का बाजार में नहीं चलता और अगर चलता भी है तो आधे दामों पर, यही जम्हूरियत का इंसाफ भी है और सियाहतरीन जुर्म भी।

सरकारें जब कोई ओवरब्रिज या रीवर ब्रिज बनाती है तो उसके किसी सुतून पर उसके इफ्तताह करने वाले का नाम खुदवा दिया जाता है, टोल–टैक्स जैसे जुर्माने के लिए चौकी तैयार की जाती है, इन पुलों की एक उम्र भी मुकर्रर की जाती है जिसके बाद वह पुल मख्दूश झूले में शुमार होने लगता है, उन पुलों की देखभाल के लिए एक कमेटी बनाई जाती है। यह कमेटी उसकी देखभाल के नाम पर सरकारी खजाने में हर बरस छोटी–मोटी डकैती डालती है। इसके बावजूद इफ्तताह करने वाले का नाम धूल मिट्टी में अटकर हमेशा के लिए नजरों से गायब हो जाता है।

लेकिन वह पुल जिसे तहजीबें बनाती हैं या कई तहजीबें जिस पुल के जरिये एक दूसरे से मिलने की खातिर गुजरती हैं, उन्हें वक्त की उड़ती हुई धूल से कोई खतरा नहीं होता, मौसमों की उठा पटक भी ऐसे पुलों की तरफ साजिशी नजरों से नहीं देखती, कुदरत ऐसे पुलों की रखवाली खुद करती है, जमाना ऐसे पुलों की हिफाजत करता है और आने वाली नस्लें इस पुल के सुतूनों में अपने लहू का ईंट गारा शामिल कर देती है। इसी तरह के पुलों की बदौलत मुल्क अपनी पहचान बनाते हैं, कौमें अपनी सुर्खरूई का एलान करती हैं। गुजरने वाले मुसाफिर एहतरामन वहाँ रूक जाते हैं, काजल की लकीरों से आँसुओं को गंगाजल बनाते हैं और अपनी धूप जैसी यादों के बादल से खेलते हुए अपनी मंजिल की तलाश में चल पड़ते हैं।

ऐसे ही एक तहजीबी पुल का नाम गोपाल दास 'नीरज' है। नीरज साहब ने भी फूलों की तरह जमीन से जो कुछ और जितना हासिल किया उससे ज्यादा उसे लौटा दिया। उनकी शख्सियत देहातों से गुजरती उस सुथरी नदी की तरह है जिसका शफ्फाक पानी मन्दिर और मस्जिद दोनों के घड़ों और सुराहियों में रखा जा सकता है। उस नदी के किनारे मुख्तलिफ

मजहबों के लोग बैठकर एक–दूसरे से मोहब्बत करना और एक दूसरे की अकीदतों से मोहब्बत करना सीखते हैं। उस नदी के किनारे बैठकर नयी उम्र के कवि और शायर गीत और दोशीज़ये ग़ज़ल लिए खूबसूरत घरौंदे बनाते हैं, उन घरों में रोशनी के लिए मुख्तलित भाषायें अपने जुगनू जैसे शब्दों की कहकशाँ बिछा देती हैं। गाँवों, कस्बों और शहरों की पहचान उसी नदी से होती है। उसी नदी की बदौलत वहाँ पर बसने वालों को इज्जत और एहतराम की निगाह से देखा जाता है। गोपाल दास 'नीरज' भी ऐसी ही किसी नदी की तरह चुपचाप बहते हुए जिन्दगी के उस मोड़ पर आ पहुंचे हैं, जहाँ पहुँचकर नदियाँ दरियाओं के रास्ते समन्दरों में हमेशा के लिए गुम हो जाती हैं। नदी के पानी की तरह उम्र की रवानी भी हमेशा सफर में रहती है, उनके ठहर जाने का मतलब मौत होता है।

गोपाल दास 'नीरज' ने भी अपनी शायरी जिसमें गज़ल भी हैं गीत भी, छंद भी हैं मुक्तक भी, उनकी कविता मधुरता, सुन्दरता और सरलता का एक ऐसा संसार अपने शब्दों में छिपाये और कलन्दरी के उस मुकाम पर खड़े हैं जहाँ शब्द खुद चलकर आते हैं और उनसे उठने और बैठने का सलीका सीखते हैं। यह हुनर दो–चार बरस में कभी हासिल नहीं होता। यह तो संस्कारों की तरह एक उम्र की रियाजत (कठिन तपस्या) मांगता है। संस्कार भी माँ की छाती से उबलते हुए दूध की तरह नई नस्लों में मुन्तकिल (Transfer) होते रहते हैं। सिर्फ 'नीरज' नाम रख लेने से कोई गोपालदास नहीं हो सकता और न गोपालदास नाम रख लेने से कोई शख्स 'नीरज' हो सकता है। गोपालदास 'नीरज' होने के लिए राम मंदिर और बाबरी मस्जिद के दरम्यान पुल बनाना पड़ता है। सरहदी लकीरों को अपने आँसुओं से धोकर अपने खून से दस्तखत करना पड़ता है। गोपालदास 'नीरज' होने के लिए वह ग्वाला बनना पड़ता है जो दंगे के जमाने में सिर्फ भूख से बिलखते नन्हें बच्चों की तस्वीरें अपनी दूध की बाल्टी में देखता रहता है। उसे त्रिशूल और तलवार लिए हिन्दू मुसलमान नजर ही नहीं आते। शोहरत और मकबूलियत (लोकप्रियता) के चाँद को हमेशा तन्कीद (आलोचना) के ग्रहण का खतरा रहता है लेकिन चाँद तो चाँद होता है गहनों और जेवरों की तरह

पहनकर चांदनी बिखेरता रहता है। दुआ के लिए उठे हजारों लाखों हाथ उसकी सलामती की दुआयें माँगा करते हैं और दुआओं की पूँजी कभी नहीं डूबती, वह तो कमल के फूल की तरह तालाब के सिंहासन पर बैठकर अपना राजपाट चलाया करती है।

गोपालदास 'नीरज' की देवमालायी शख्सियत को सर उठाकर देखने में हमेशा तन्कीद निगारों (आलोचकों) के सिरों की पगड़ियाँ गिर गई हैं। मजे की बात तो यह है कि हिन्दी तन्कीद के पैगम्बराने अदब (साहित्यिक अवतार) तो 'नीरज' साहब के हमेशा मुखालिफ ही रहे लेकिन उनकी उम्मतें (अनुयायी) हमेशा 'नीरज' साहब की तरफदार रही है। चाहने वालों की दौलत से सरशार नीरज साहब ने कभी चाहे जाने की तमन्ना करने वालों को शिकायत का मौका नहीं दिया। वो गालिब के मिसरे **'गालियां खा के बेमजा न हुआ'** की तरह जिन्दगी के रास्तों से अपनी तरंग में गुजरते रहे। गोपालदास 'नीरज' ने अपनी जिन्दगी कस्तूरी की नाफ से धागे की तरह गुजारी। वह अपने सुनने, पढ़ने और चाहने वालों में अपनी शायरी की खुशबू बांटने में हमेशा इतने मसरूफ रहे कि उन्हें अपनी उम्र और दुश्मनों की तादाद का एहसास तक नहीं हुआ।

आमतौर से लोग भरपूर जिन्दगी गुजारने का जो मतलब निकालते हैं वह मतलब शायर की जिन्दगी से बिल्कुल मेल नहीं खाता। शायर के यहाँ जिन्दगी का मतलब दूसरों का गम महसूस करना, उसे अपने सीने में मुद्दतों पालना, फिर अपना खूने जिगर पिलाकर उसे शायरी के सांचे में ढालना होता है। यह दुश्वारतरीन काम हमारे समाज के बहुत से जिम्मेदार हजरात मिलकर भी नहीं कर पाते लेकिन एक शायर ऐसे मुश्किल काम को तने तनहा करता है। गोपालदास 'नीरज' ने सारी जिन्दगी आँसुओं पर अपनी फकीराना मुस्कराहट का पर्दा डाले रखा और लफ्जों के मोतियों से 'गीतिका' और 'गजलाँजलि' की तखलीफ (रचना) करते रहे। अपने जख्मों पर मुस्कराना और दूसरों के दुख पर आँखें भिगो लेने का हुनर गोपालदास 'नीरज' से बेहतर इस अहद में दूसरे किसी हिन्दी शायर का नसीब नहीं बन सका। आठवीं दहाई ने अभी आँखें ही खोली थीं, जनवरी की कड़कड़ाती

सर्दी का मौसम था, भोपाल से देहली जाने वाली ट्रेन पर 'वाली' आसी साहब के साथ मैं भी सफर कर रहा था। 'वाली' भाई 'दाग' देहलवी के खानदान (घराना) से ताल्लुक रखने वालों मौलाना अब्दुल बारी 'आसी' के साहबजादे और मेरे उस्तादे मोहतरम भी थे। ट्रेन के फर्स्ट क्लास कूपे में दाखिल होते ही 'नीरज' साहब और वाली भाई में सलाम दुआ हुई। 'नीरज' साहब इन्दौर से देहली लौट रहे थे। धुली धुलाई सफेद चादर पर साफ शफ्फाफ खादी का कुर्ता पाजामा पहने हुए 'नीरज' साहब विराजमान थे। अटेन्डेन्ट उनके गिलास में सोडे और शराब को एक दूसरे से मिलाने में मसरूफ था। नीरज साहब ने हँसते हुए वाली भाई से कहा कि यार वाली भाई, आप सूफी के सूफी ही रह गए क्या शार्गिद को भी नक्शे कदम पर चलाने का इरादा है? वाली भाई ने मुस्कुराते हुए जवाब दिया कि यह तो मुझसे बड़ा सूफी है। थोड़ी देर तक कहकहे आपस में जाम की तरह टकराते रहे, नशे के साथ–साथ संजीदगी भी बढ़ने लगी। वाली भाई ने मुझसे नीरज साहब को गजल सुनाने के लिए कहा। ग़ज़ल खत्म होते ही नीरज साहब ने कुछ और शेर सुनाने का हुक्म दिया। वाली भाई ने नीरज साहब से कहा 'मुनव्वर' की नयी किताब 'पीपल छाँव' आ रही है, आप उसे चंद दुआइया जुमलों से तहरीरी तौर पर नवाज दीजिए। नीरज साहब ने एक हफ्ते के अंदर ही वाली भाई को 'पीपल छाँव' के लिए एक मुख्तसर मजमून भेज दिया।

नीरज साहब से यह मेरी पहली मुलाकात थी। उनकी शख्सियत की सेहरकारी (जादूगरी) और उनकी तख्लीकी हुनरकारी से तो मैं बहुत पहले से वाकिफ था लेकिन दीदार की दौलत से मेरी आँखें पहली बार मालामाल हो रही थीं। अपनी शोहरत और नामवरी से बेपरवाह नीरज साहब की कलंदरी मुझे बहुत अच्छी लगी। मैंने उनकी इस सादा मिजाजी की सलामती के लिए दुआयें मांगी और उनकी इस कलंदरी की थोड़ी सी राख लेकर अपने चेहरे पर मली। शायद मेरे चेहरे पर कलंदरी का नूर इसी राख की बदौलत है। जिन्दादिली के साथ जिंदा रहने का हुनर नीरज साहब से ज्यादा किसी को नहीं आता। इसी जमाने में कलकत्ता एयरपोर्ट पर नीरज साहब से मुलाकात हो गई। वह गालिबन (शायद) आई.आई.टी. खड़गपुर के

कवि सम्मेलन से लौट रहे थे। मैंने उन्हें अदब से सलाम किया, उन्होंने पूछा क्या आप भी देहली चल रहे हैं? मेरे हाँ कहने पर फरमाया चलिये देहली तक आपका साथ रहेगा। मुझे तो देहली से वापस फिर अलीगढ़ की तरफ आना है। मैंने अपनी शोखी का तीर चलाते हुए कहा कि सर, बजाय देहली जाने के आपको अलीगढ़ में ही उतर जाना चाहिए। उन्होंने मुस्कुराते हुए फरमाया कि मियाँ, रात का वक्त होता तो अंधेरे का फायदा उठाते हुए नशे के सहारे अलीगढ़ में ही उतर जाता। हम दोनों की बातों पर आसपास के लोग भी मजा लेते रहे। कुछ बरस पहले मिर्जा गालिब के सिलसिले में देहली के टॉउन हॉल में मुशायरा था। कड़ाके की सर्दी थी। मुशायरा खत्म होते ही नीरज साहब ने मुझे अपने पास बुलाया और कहने लगे कि तुम मेरी कार से चलोगे, मैं तुम्हें होटल छोड़ दूँगा, इसे मेरी मेहरबानी मत समझो, मैं तुम्हारे साथ जामा मस्जिद के किसी होटल में खाने के लिए चलना चाहता हूँ। उन दिनों उत्तर प्रदेश सरकार ने उन्हें एक लालबत्ती गाड़ी दे रखी थी हालांकि वह लाल बत्ती वाली अपनी गाड़ी को भी बगैर बत्ती की लालटेन की तरह इस्तेमाल करते थे क्योंकि उन्हें अच्छी तरह पता है कि रोशनी या रोशन जमीनी के लिए किसी लाल पीली बत्ती की जरूरत नहीं होती। बकरीद करीब होने के सबब जामा मस्जिद के इलाके में बकरों की बोहतात थीं। कोई साहब बहुत ही मोटा ताजा बकरा लिए हुए टहल रहे थे। वह भी माशाअल्लाह खाये पिये हुए थे। नीरज साहब बहुत देर तक यह दिलचस्प मंजर देखते रहे फिर मुझसे आहिस्ता से पूछा, मुनव्वर भाई! इसमें बकरा कौन है? बढ़ती हुई उम्र और ढेर सारी बीमारियों के बावजूद शराब और शोखी ने उनका पीछा नहीं छोड़ा। सच्चाई तो यही है कि बढ़ती हुई उम्र और खतरनाक बीमारियों से बहादुरी के साथ जूझने का नाम ही गोपाल दास 'नीरज' है।

लहजे में नर्मी, लफ्जों में बेसाख्तगी, गुफ्तगू में अपनापन, चेहरे पर शफकतों और शराफतों के फूल खिलाये वह जिधर से भी गुजर गये जमाने का रुख भी उधर का हो गया। उन्होंने जिन्दगी और सरकारों से कभी किसी तरह का इनाम नहीं मांगा उन्हें तो कभी अपने कास–ए–उम्मीद की तरफ

देखने की फुर्सत ही नहीं मिली क्योंकि वह तो मोहब्बतें बांटने में इतने मसरूफ रहे कि उन्हें अंदाजा भी नहीं हुआ कि उम्र की धूप गौरैया की तरह उड़कर मुंडेर पर बैठ चुकी है। फिल्मी दुनिया उन्हें ज्यादा रास नहीं आयी क्योंकि इस सुनहरे पिंजरे में आजादी के ख्वाब की आंख खुल सकती थी। यूँ भी कलंदरी कभी बादशाहत की तरफ मुँह करके इबादत नहीं कर सकती। कलंदरी तो नंगे पांव रेगिस्तान में चलती है और शाम होते ही सूरज के साथ–साथ कहीं रूपोश हो जाती है।

दुनियावी एतबार से गोपाल दास 'नीरज' को वह सभी कुछ हासिल रहा है जिसका ख्वाब ही आँखों के लिए सुकूनबख्श होता है लेकिन हासिल होने वाले हर ओहदे, रुतबे और इनामात ने गोपाल दास 'नीरज' के दामन में पहुँचकर अपनी ही इज्जत में इजाफा किया, गोपाल दास 'नीरज' को इन सरकारी तमाशों से कोई दिलचस्पी नहीं रही :–

शम–ए–तन्हा की तरह सुबह के तारे जैसा।
शहर में कोई नहीं होगा हमारे जैसा।।

नीरज की कविता मेरे लेखन की प्रेरणा स्रोत है

मैत्रेयी पुष्पा

मैं नीरज जी से कभी नहीं मिल पाई। सिवाय कुछ वर्ष पहले झांसी से आने वाली शताब्दी में केवल दो मिनट के लिए। वहाँ अपना दबा–दबा सा परिचय देते हुए कह दिया था – मुझे आपकी कविता बहुत अच्छी लगती हैं, इतनी अच्छी कि अभी तक याद हैं और अपनी आत्मकथा की पुस्तक में 'कोट' की हैं। वे बेध्यानी में थे क्योंकि उनकी सीट के पास ही मुकेश कुमार (टी.वी में 'सुबह सबेरे' कार्यक्रम के ऐंकर) खड़े थे, जिनसे नीरज जी कुछ जरूरी बात कर रहे थे। मैं अपनी सीट पर चली आई मगर मन में यही रहा कि कुछ बातें करती, कुछ उनकी और सुनती।

बहरहाल सोचा यह भी कि क्या मैं अपने किसी पाठक को उसका मनचाहा वक्त दे पाती हूँ? रचनाकार नहीं समझ पाता कि उसका पाठक उसे पढ़ता तो है, साथ ही चाहत भी रखने लगता है। अनजाना और अनकहा रिश्ता बना लेता है। लेखक या कवि होने से पहले यानि कि मशहूर होने से पहले हर रचनाकार पाठक ही होता है, जिसे वह पसन्द करता है, उससे बेपनाह मोहब्बत करने लगता है। ऐसी मोहब्बत जिसमें वह एकलव्य की तरह बहुत कुछ सीखने का अभ्यास करता है।

ऐसा ही तो था जब मैंने नीरज जी की कविताओं से पहला परिचय किया था। लोग सोचते हैं कि साहित्य शिष्ट सभ्य माने जाने वाले लोगों के द्वारा और उनके ही लिए होता है क्योंकि उनकी बौद्धिक शक्ति विकसित और परिपक्व होती है, लेकिन मेरे अनुभव इस बात से तनिक भी मेल नहीं खाते, क्योंकि मैंने नीरज जी की कविता एक बीहड़ गाँव में पढ़ी थी। गाँव का नाम सिकन्दरा है, जो झांसी से कानपुर जाने वाली सड़क के किनारे बसा मात्र एक हजार की आबादी वाली बसावट की रूप है। कोई नहीं मान पायेगा कि यहाँ नवनीत पत्रिका का विशेषांक आया था और पटवारी के ढोर वाले बाड़े में बान की नंगी खटिया पर बैठी चौदह साल की लड़की उसे पढ़ने में डूबी हुई थी। किशोरावस्था की उठान और कविता का गहरा उफान सोचने समझने के भँवरों में डूबता उभरता कविता के पार जा लगा।

प्यार अगर थामता न पथ में,
उंगली इस बीमार उमर की

हर पीड़ा वेश्या बन जाती,

हर आंसू आवारा होता।

निरवंशी रहता उजियारा,

गोद न मरती किसी किरण की

और जिन्दगी लगती जैसे,

डोली कोई बिना दुल्हन की

दुख से सब बस्ती कराहती,

लपटों में हर फूल झुलसता

करुणा ने जाकर नफरत का,

आंगन नहीं बुहारा होता।

कविता आगे चली लड़की पढ़ती चली गयी। ऐसा नहीं था कि बार–बार पढ़कर समझने लगी। उस माहौल के बीच घटित हुयी यह परिघटना थी जहाँ गोबर से लिपे दालान में नृत्य और गीत चल रहे थे। ग्राम सेविकाओं का शिविर था उस गांव में, माँ के साथ वह लड़की यानि कि मैं भी गयी थी, माँ का हाथ बंटाने के लिए। महिलाओं की विकास योजना के बीच यह मेरे साथ क्या हुआ? मेरे भीतर छिपी कविता विकसित होने लगी। फिर क्या था अखबारों और धर्मयुग, साप्ताहिक हिन्दुस्तान, में छपी कविताएं या तो मैं अपनी कापी पर उतार लेती या उसे काटकर रख लेती।

आज जब लोग पूछते हैं कि लेखन का प्रेरणा स्रोत क्या है और मैं कहती हूँ कि मेरे सहपाठी का प्रेमपत्र जो कविता के रूप में आया था तथा **प्यार अगर थामता न पथ में उंगली इस बीमार उमर की... नीरज की कविता।** यही मेरी जिन्दगी का निर्णायक मोड़ था, जबकि मेरी माँ का सपना था कि मैं या तो सुचेता कृपलानी या सरोजनी नायडू का अनुकरण करूँ या फिर आई.ए.एस. या कम से कम पी.सी.एस. बनूँ। माँ को क्या पता था कि उनकी कम उम्र बेटी के हाथ प्यार का ऐसा खजाना लग गया है, जिसे वह छिपाना नहीं उलीचना चाहती है। कविताओं का पाठ उसने इस तरह किया कि आंखों में गीत काजल की तरह बस गया और आंखों की सुन्दरता बढ़ गयी, हृदय में उतरा तो प्यार का झरना सा फूट पड़ा। कवियों को क्या पता कितनी किशोरियों ने प्यार का मर्म समझने के लिए खुद को प्रस्तुत किया

होगा? कितने युवक मोहब्बत के विस्तार का संकल्प ले रहे होंगे? न जाने कितने मूर्छित मन जाग उठे कि ऐसी मन–भावन धुन इकतारा बजा।

नृत्य के मंच पर जहाँ शिविर में 'नजर लागी राजा तोरे बंगले पे' गूँज रहा था, उसी के बीच मैंने वह कविता पढ़कर सुनानी चाही। नहीं सोचा कि यहाँ इकट्ठी हुयी ये स्त्रियाँ इस कविता को समझेंगी या नहीं। कभी–कभी जनून बड़े काम का होता है, तभी तो उस शिविर में कविता का दौर चला और लय रूकी नहीं। प्यार का पैगाम अपनी धुन में थिरकता रहा।

डी.बी. इण्टर कॉलिज मोंठ (झांसी) से मैं इण्टर करने के बाद झांसी आयी बुन्देलखण्ड कॉलिज में बी.ए. करने के वास्ते। अब तक मुझे कविता से प्रेम हो चुका था। मगर किस कविता से? मैथिलीशरण गुप्त हमारे ही गाँव के पास चिरगाँव से थे। उनकी कृति 'सिद्धराज' को मैं बारहवीं के कोर्स में पढ़ चुकी थी। मेरे मन में सिद्धराज की नायिका 'रानक दे' ने जगह बना ली थी। बी.ए. में छायावाद के चारों कवि पढ़ाये जाते थे और उनमें जयशंकर प्रसाद से मैं बहुत प्रभावित थी।

मगर यह क्या था कि नीरज की कोई कविता या कोई किताब कोर्स में नहीं थी और बार–बार नीरज की रचनाओं की तलाश में घूमती रहती थी। मैंने बुन्देलखण्ड कॉलिज के पुस्तकालय को खंगालना शुरू कर दिया क्योंकि झांसी के किसी भी बुक डिपो पर मेरी मनपसंद किताबों के लिए जगह न थी। यह रवैया तब का ही नहीं, आज भी यही हाल है वहां का। खैर मैंने कॉलेज के लायब्रेरियन घोष बाबू से साहित्यिक दोस्ती कर ली। उनको अपनी रुचि बता दी। फिर क्या था घोष बाबू ने मुझे नीरज की रचनाओं में तुरंत 'बादर बरस गयो' थमा दी और ऐसे देखा, जैसे वे संजीवनी बूटी लाने वाले हनुमान हों। उन्होंने बच्चन जी की 'मिलनयामिनी' और 'निशा निमंत्रण' भी दी थी जो मैंने थोड़ी बहुत पढ़कर लौटा दी। शायद वह समय मेरे लिए न तो मिलनयामिनी का था न किसी को निशा निमंत्रण देने लेने का। नीरज की कविताएं मन माफिक थीं। हाल यह था कि साथ के लड़के–लड़कियाँ मौका मिलते ही सिनेमा जा रहे हैं और मैं नीरज की कविताओं में डूबी हुयी हूँ। 'माधव जी सिंधिया' नाम का उपन्यास इम्तहान पास करने के लिए पढ़ लिया। 'मृगनयनी' मैं क्यों पढ़ूँ, मुझे गद्य पसंद नहीं था।

बुन्देलखण्ड कॉलिज ने लायब्रेरी में नीरज की रचनाओं की सौगात ही नहीं दी, वह सुनहरा अवसर दे दिया, जिसकी मैंने कल्पना तक नहीं की

थी। वे थे, मुबारक महूरतह जिनमें मैंने नीरज को देख लिया था। वे नुमाइश के दिन थे, हमारी झांसी पर ऋतु बसंत के साथ कविता का बसंत उतरा था। अब समझ में आता है कि काव्यगीतों के रचयिता राष्ट्रकवि मैथिलीशरण गुप्त के बुलावे पर वहाँ आसानी से आ जाते थे, तभी तो **'बीमार उमर की उंगली थामने वाले प्यार'** का सर्जक वहाँ आ पहुँचा।

मेरी खुशी का ठिकाना न था। रात के समय हम कॉलिज परिसर में तितलियों की तरह उड़ने को आतुर थे। स्टेज पर मुझे किसी ने नीरज को दिखाया – गौर वर्ण, स्वस्थ शरीर और लम्बा कद। चेहरा बहुत आकर्षक और बाल घनेरे। अगर ऐसा न होता तो उनको देखने की चाहत में कुछ कमी आती? दरअसल दिलकश कविताओं का जादू था, जिसने मुझे चकाचौंध किया वरन् झांसी शहर में या कॅलिज में सुदर्शन युवकों की कमी नहीं थी, वहाँ हमारे बनाये देवानन्द, धर्मेन्द्र, मनोज कुमार और विश्वजीत बराबर दिखाई दिये हैं। लड़कियों की दुनिया में सिर्फ हया शर्म के पर्दे और हाय अल्ला या उइ माँ की अदायें ही नहीं होतीं, सहयोगी लड़कों से अच्छी दोस्ती चलती है शादी के पहले से शादी के बाद तक। ये दोस्तियाँ चाल चलन फिजूल इलजामों पर कान नहीं देतीं।

नीरज ने 'कारवां गुजर गया' कविता सुनाई थी। मैंने वह कविता कुछ इस तरह मन में बसा ली कि जब मेरी शादी हुई और विदा का मंजर आया, कविता की पंक्तियाँ साकार होने लगीं। बिछोह का माहौल कविता में सजीवता के साथ उभर आया।

'शोर मच गया कि लो चली दुल्हन चली दुल्हन
गाँव था उमड़ पड़ा बहक उठे नयन नयन'

झांसी छूटी, गाँव छूट गया जिनके छूटने का मुझे आज तक रंज है। नीरज की उस रचना ने मेरा पीछा नहीं छोड़ा। 'नई उमर की नई फसल' में फिर वही गीत गूँजा। अनजाने ही मेरे जीवन में यह सब घटित तो नहीं हो गया कि मैं साहित्य के लिए ही अपने गाँव के चक्कर काटने लगी और होते–होते यह हुआ कि दिल्ली में चालीस साल से ज्यादा समय तक रहने के बावजूद कोई कहानी पूरी तरह से दिल्ली पर न लिख सकी।

मैं फिल्मी गानों के रूप में नीरज की कविता को तुरंत पहचानती रही हूँ – 'शोखियों में घोला जाये फूलों का शबाब' जैसी पंक्तियाँ कौन लिख

सकता है? या नीरज की पहचान उनके शब्द करा देते हैं – फूल, डाली / पालकी, दुल्हन, पत्र / खत के माध्यम से सारे जहाँ पर छाया प्यार का जज्बा युवक युवतियों को मोहब्बत के प्रति दृढ़ और आश्वस्त करता है कि हम आदमी की तरह आदमी से हर बार प्यार करने का तथाकथित अपराध करें। ऐसी सात्विकता किस काम की जो मनुष्य की नैसर्गिक भावना को शिकंजे में कस दे और उसे 'सज्जन व्यक्ति' की सनद देकर जीने की मोहलत दे। तब मैं यह कहूँ कि नीरज की कविताओं में हमने अपनी तरुणाई को ही नहीं इंसानियत को भी जिया है बात गलत नहीं होगी।

बात मगर गलत हो जाती वहाँ, जहाँ बौद्धिकता के मारे लोगों के द्वारा निर्धारित किये गये नियमों से निर्मित कसौटी पर भावनाओं को बेरहमी से कसा जाता है। यहाँ हम टूटने बिखरने लगते हैं या कसौटी ही खण्ड खण्ड हो जाती है? अमानवीय कसौटियों पर हम विश्वास भी कैसे करें? ये मनुष्य के प्रति निर्णायक कैसे हो सकती है? नीरज जैसे कवि हम जैसों को प्यार का पाथेय देकर साहित्य की ओर अग्रसर करते हैं, मनुष्य बने रहने का सम्बल देते हैं और बौद्धिक मुखौटों से डराने वालों से मुठभेड़ का साहस प्रदान करते हैं। क्या हुआ जो कविता से प्यार हुआ गद्य लिखती रही। पैगाम तो मोहब्बत का ही देना था जिसे मैंने सिकन्दरा गाँव की ढोरवाली बखरी के आंगन में नीरज की कविता पढ़ते हुए आत्मसात किया था।

क्या खबर थी कि अपने प्रिय कवि पर लिखने का भी मौका मिलेगा। क्या पता था कि हम उनके बनाये नक्श छूने की सफल या असफल कोशिश करेंगे। बहरहाल वह रचना ताकतवर है जो किसी को रचनाकार बना दे। चौदह वर्षीय लड़की प्यार की कविता लिखने वाले कवि को स्मृति में संजोये हुए दोहराती रहती है – प्यार अगर थामता न पथ में...

नीरज का नगमा भारत भर में गूंज रहा है

डॉ0 सुधाकर अदीब

साधारण धरातल से असाधारण शिखरों को छूने का नाम है नीरज। सरलता से महानता को वरण करने का नाम है नीरज। बचपन घनघोर संघर्ष में बीता। छः वर्ष की आयु में ही उनके सिर से पिता का साया उठ गया। माँ 39 वर्ष की आयु में वैधव्य को प्राप्त हुई और वे 85 वर्ष तक जीती रही। माता भजन गाती थीं मधुर कंठ से। गीत के संस्कार बालक गोपाल दास सक्सेना को सर्वप्रथम वहीं से आशीर्वाद रूप में, प्राप्त हुए होंगे। जिससे वे आगे चलकर नीरज कहलाये। वे चार भाई थे। गोपालदास उनमें सर्वाधिक कुशाग्र बुद्धि के थे। उनका जन्म 1925 में इटावा (उ0प्र0) में हुआ था। पिता की मृत्यु के बाद माता ने इटावा से उन्हें उनकी बुआ के पास एटा पढ़ने भेज दिया। लालटेन की रोशनी में पढ़ते थे। बुआ–फूफा के पास वे रहे, जहाँ वे हाई स्कूल तक पढ़े और प्रथम श्रेणी में उत्तीर्ण हुए। फूफा जी एटा से उन दिनों 5/– रुपया महीना भेजते थे, नीरज जी की माँ को, जिससे पूरे परिवार का भरण पोषण होता था। हाईस्कूल तक पढ़ाकर फूफा जी ने उन्हें वापस भेज दिया। नीरज ने अभाव के दिनों में परिवार के लिये क्या–क्या नहीं किया? मेलों में पान–बीड़ी बेची। जमुना में गोताखोरी कर पैसे निकाले। इक्का–रिक्शा तक चलाया। कोर्ट में टाईपिंग कार्य किया। किसी भी कार्य में कभी शर्म नहीं की। श्रम की महत्ता के आगे उन्होनें किसी कार्य को छोटा नहीं माना।

समय बदला 1942 में उन्हें दिल्ली में सप्लाई विभाग में टाइपिस्ट की नौकरी 67/– रुपया मासिक वेतन पर मिली। इसमें से लगभग आधी धनराशि वह प्रतिमाह अपनी माँ को भेजते थे और आधे में दिल्ली में रहकर और एक वक्त का भोजन खाकर गुजारा करते थे।

1944 में आर्य कुमार सभा, पहाड़गंज, दिल्ली में एक कवि सम्मेलन के आयोजन की खबर अखबार में छपी। नीरज तब तक गीत लिखने लगे थे।

बच्चन, बलबीर सिंह रंग आदि की कविताओं से प्रेरित हो चले थे। उस समय नीरज 18 वर्ष के किशोर थे। वे पहाड़गंज के उस कवि सम्मेलन में जा पहुँचे। कवि सम्मेलन के संयोजक थे – शंभुनाथ शेष। उनसे मिले और कहा कि मैं भी कविता पढ़ना चाहता हूँ। शेष जी ने कहा कि मैं तो तुम्हें जानता नहीं। फिर उन्होंने वहाँ उपस्थित वरिष्ठ कवि करूणेश जी की तरफ इशारा किया। कहा कि उनसे मिलें। युवक नीरज कविवर करूणेश जी के पास गए। बोले कविता पढ़ना चाहता हूँ। करूणेश बोले–कहाँ के हो? नीरज ने कहा इटावा का हूँ। करूणेश बोले मैं भी इटावा का हूँ और इस तरह बात बन गई। युवा कवि नीरज को मंच पर सबसे पहले पढ़वाया गया। उनके पहले ही गीत ने श्रोताओं और कवियों की जमात को मंत्रमुग्ध कर दिया। तब एक के बाद एक उनके वहाँ तीन गीत सुने गए। नीरज का यहीं से 'गीतों का राजकुमार' बनने का सफर शुरू हुआ। वे स्वयं कहते हैं – **"आदमी का यश सुगंध के समान है। फूल झर जाता है, उसकी सुगंध सारे संसार में फैल जाती है।"**

कवि सम्मेलनों, मुशायरों के पड़ाव दर पड़ाव तय करते हुए नीरज फिल्मों तक जा पहुँचे। उन्होंने 1955 में 30 वर्ष की आयु में अपना सर्वाधिक प्रसिद्ध गीत लिखा – "कारवाँ गुजर गया गुबार देखते रहे।' इस गीत ने उन्हें ऐसी स्थायी पहचान दी जिससे नीरज देश–विदेश में एक गीतकार के रूप में बेहद लोकप्रिय हो गए। नीरज की हिन्दी–उर्दू मिश्रित सहज भाषा ने लोगों के मानस पटल का जादुई संस्पर्श किया। अभिव्यक्ति के नवीन मानक स्थापित किए। कवि सम्मेलनों और मुशायरों दोनों में ही उनके गीतों, ग़ज़लों, कविताओं ने धूम मचा दी। हिन्दी फिल्मों में दूसरे गीतकार नीरज से ईर्ष्या करने लगे। देवानंद ने उनसे एक से बढ़कर एक गीत लिखवाए। "फूलों के रंग से दिल की कलम से, लिखी तुझे रोज पाती"। "दिल आज शायर है ग़म आज नग़मा है, सब ये ग़ज़ल है सनम"। ऐसे अनगिनत अमर गीत। राजकपूर ने जब 'मेरा नाम जोकर' फिल्म बनाई तो "कहता है जोकर सारा ज़माना, आधी हकीकत आधार फ़साना" और "ए भाई ज़रा देख के चलो, आगे ही नहीं पीछे भी" जैसे यादगार गीत लिखने वाले गोपालदास नीरज ही थे।

फिल्मी दुनिया से नीरज फिर काव्य/मंचों की ओर लौटे और काव्य मंचों से साहित्य की ओर। उम्रदराज नीरज जी ने अपने अब तक के 75 वर्षों

से भी अधिक की काव्य साधना के दौरान लगभग एक दर्जन से अधिक काव्य संग्रह हिन्दी साहित्य को दिए हैं और उनके जीवनकाल में ही उनकी रचनावली प्रकाशित हो चुकी है। उ0प्र0 हिन्दी संस्थान के सर्वोच्च सम्मान 'भारत भारती' सहित पदम श्री, पद्म भूषण जैसी अनेक उपाधियों से अलंकृत नीरज जी आज साहित्य में हिन्दी गीतों का पर्याय हैं। उनके गीत प्रेम, शांति और सौहार्द के गीत हैं। नीरज के गीत भाव मनोरंजन की विषयवस्तु नहीं उनकी पंक्ति–पंक्ति में जीवन का सार और दर्शन समाया होता है।

नीरज कहते हैं – **"कवि सृष्टा है। वह ब्रह्मा के समान होता है। गौतम बुद्ध को बुद्ध बनने में 705 जन्म लेने पड़े थे। मुझे भी कवि बनने में 3–4 जन्म तो लगे ही होंगे।"** नीरज इस सिलसिले में अपना एक दोहा पढ़ते हैं –

"आत्मा के सौंदर्य का शब्द रूप है काव्य।
मानव होना भाग्य है कवि होना सौभाग्य।।"

नीरज वह बड़ा और कद्दावर बोधिवृक्ष सदृश व्यक्तित्व है, जिसने लम्बे जीवन अनुभव में अनेक झंझावत झेले हैं। अमृत और विष का पान समान रूप से किया है। समय के अनेक उतार चढ़ाव देखे हैं। स्वातंत्रयोत्तर और स्वतन्त्रता पूर्व के दोनों युग देखे हैं। पुरातन मूल्यों के क्षरण और राजनीति एवं समाज के पतन से व्यथित नीरज का भी मोहभंग हुआ है। वह सारा दर्द उनकी कविताओं में छलकता है –

"अब ना वो दर्द, ना वो दिल, ना वो दीवाने रहे,
अब ना वो साज़, ना वो सोज़, ना वो गाने रहे।
साक़ी तू अब भी यहाँ किसके लिए बैठा है,
अब ना वो जाम, ना वो मय, ना वो पैमाने रहे।"

नीरज आगे कहते हैं –

"नेताओं ने गाँधी की कसम तक बेची,
कवियों ने निराला की कलम तक बेची।
मत पूछ कि इस दौर में क्या–क्या न बिका,
इंसानों ने आँखों की शरम तक बेची।"

सच्चा कवि यदि क्रान्तिकारी भी होता है तो एक मकसद के लिए।

बेवजह की हिंसा वह नहीं चाहता। मानवता और प्रेम में अखण्ड विश्वास रखने वाले कविवर नीरज हिंसा और युद्ध के खिलाफ हैं। उनका मानना है कि आज के दौर का युद्ध तीर–तलवारों का युद्ध नहीं, परमाणुविक युद्ध का स्वरूप धारण कर चुका है। तीसरे महायुद्ध का अर्थ होगा महाविनाश। अतः कवि की इसी महाचिंता को व्यक्त करती हुई उनकी एक ऐसी अद्भुत कविता है, जो पहले तो हममें महाकाल का भय जगाती है, जब नीरज कहते हैं –

"मैं सोच रहा हूँ अगर तीसरा युद्ध हुआ,
इस नयी सुबह की नयी फ़सल का क्या होगा?
मैं सोच रहा हूँ अगर ज़मीन पर उगा खून
इस रंगमहल की चहल पहल का क्या होगा?"

यह सारी दुनिया यूँ तो एक रंग महल ही है जहाँ प्रत्येक जीवधारी समय–समय पर आता–जाता है। परन्तु यह दुनिया करूणा, आस्था, सहृदयता, त्याग, बलिदान, तपस्या जैसे उच्चतर मूल्यों पर ही टिकी है। नीरज की यह चिंता उनकी कविता में विस्तार लेती है। वे चिंता करते हैं, हँसते हुए गुलाबों और महकते हुए चमन की। जादू बिखराती हुई रूप की कलियों की। मस्त झूमती धान की बालियों की। शोख सजल शरमाती गेहूँ की गलियों की। नीरज को चिंता है कि कहीं गहराते हुए अनारों की मंद हँसी नष्ट न हो जाए। वे सोचते हैं कहीं ये पेंगे बढ़ा–बढ़ा अमियों का इठलाना, नदियों का लहरों के बाल खोलकर चलना, पानी के सितार पर झरनों का गाना, मैनाओं की नटखटी मिठाई, तोतों का ये शोर, मोर की भोर, भंवरे की गुनगुन इत्यादि नष्ट तो नहीं हो जाएगी? कवि की चिंता विश्वव्यापी है। उसकी दृष्टि में किलकारी भरते दूध से बच्चे, वह दुल्हन जिसके हाथों की मेंहदी अभी भी गीली है। प्रत्येक सुकोमल व्यक्ति, वस्तु और भाव समाहित है। कवि किसी पर वज्रपात नहीं देखना चाहता। अतः अंत में कवि की आशावादिता फिर सजग होती है और सृष्टि में शांति का विश्वास जगाती है। नीरज कह उठते हैं, वे बहुत कुछ कहते हुए–लेखकों, कवियों और बुद्धिजीवियों को याद करते हुए–अपनी स्वेच्छा और आशा दोनों व्यक्त करते हैं। इन शब्दों में –

"ऐसे ही उबले दाल बटुही उफनाए,

ऐसे ही चक्की पर गाए घर की मीरा।
बढ़ चुका बहुत आगे रथ अब निर्माणों का,
बम्बों के दलबल से अवरूद्ध नहीं होगा।
है शांत शहीदों का पड़ाव हर मंज़िल पर,
अब युद्ध नहीं होगा अब युद्ध नहीं होगा।"

नीरज की वाणी में वाल्मीकि, कबीर, मीरा, तुलसी, निराला, बच्चन, दिनकर, प्रायः सभी महान कवि अत्यंत सरल, सहज किन्तु अभिप्रेरक स्वर में समवेत रूप में बोलते से प्रतीत होते हैं। जिन्होंने नीरज को बोलते सुना है वे कह सकते हैं कि उनकी जिहवा पर और कण्ठ में सरस्वती विराजमान हैं। नीरज की लेखनी में भी माँ वाणी का वास है। इसमें दो राय नहीं। नीरज समाज को निरंतर सचेत करते हैं। अपनी एक ग़ज़ल से वे क्षुद्रता और भेदभाव मूलक घृणा की भावना से ऊपर उठने का आग्रह करते हुए कहते हैं –

"अब तो मजहब कोई ऐसा भी चलाया जाए,
जिसमें इंसान को इंसान बनाया जाये।
आग बहती है गंगा में झेलम में भी,
कोई बतलाए कहाँ जाके नहाया जाये।
मेरे दुख दर्द का तुझ पर हो असर कुछ ऐसा,
मैं रहूँ भूखा तो तुझसे भी न खाया जाये।
गीत गुमसुम है, ग़ज़ल चुप है, रूबाई है उदास,
ऐसे माहौल में नीरज को बुलाया जाये।

काव्य मंचों पर चुटकुलेबाजी के इस दौर में आज नीरज और उन जैसे श्रेष्ठ मनीषी कवियों की नितांत आवश्यकता है। नीरज वर्तमान साहित्य और समाज में एक चलती फिरती किवंदंती–सरीखे हैं। वे उन प्रकाश स्तम्भों के समान हैं जिनकी कीर्तिकाया सदियों तक अक्षुण्ण रहती है। तभी तो वे बड़े आत्मविश्वास से विनोदपूर्वक ये शेर कहा करते हैं –

"इतने बदनाम हुए हम तो इस ज़माने में,
तुमको लग जाएगी सदियाँ हमें भुलाने में।"

युवावस्था में ठोकरें खाते नीरज ने कभी एक गीत निराश मन से यह

गाया था –

"स्वप्न झरे फूल से मीत चुभे शूल से
लुट गये सिंगार सभी बाग के बबूल से।
और हम खड़े–खड़े बहार देखते रहे
कारवाँ गुज़र गया गुबार देखते रहे।"

हमारा परम सौभाग्य है कि हम आज उन्हीं गोपालदास नीरज जी को युवा पीढ़ी को यह सकारात्मक संदेश देते हुए देख–सुन रहे हैं कि –

"छिप छिप अश्रु बहाने वालों
मोती व्यर्थ लुटाने वालों
कुछ सपनों के मर जाने से
जीवन नहीं मरा करता है।
सपना क्या है नयन सेज पर
सोया हुआ आँख का पानी
और टूटना है उसका ज्यों
जागे कच्ची नींद जवानी।
गीली उमर बनाने वालों
डूबे बिना नहाने वालों
कुछ पानी के बह जाने से
सावन नहीं मरा करता है।"

इस प्रकार समकालीन पीढ़ी के लिए नीरज का काव्य उत्तरदायित्व बोधकारक है तो युवा पीढ़ी और भावी पीढ़ियों के लिए कर्मठता का संदेश। हमारे लिए यह गर्व का विषय है कि हम नीरज के युग में उपस्थित हैं।

आज के ऋषितुल्य कविवर नीरज को 1944 में, उनकी तरूणाई के वर्षों में, जब अपने समय के ग़ज़लों के शहंशाह जिगर मुरादाबादी ने प्रथम बार ही देखा तो उन्हें सुनकर प्रभावित होकर भरे मंच पर उनकी पीठ थपथपाते हुए कहा था –

"उम्रदराज़ हो इस बच्चे की। ऐसा पढ़ता है जैसे नग़मा गूँजता है।" वास्तव में नीरज का नग़मा भारत भर में गूँज रहा है और समस्त विश्व में व्याप्त हो चुका है।

‘नीरज’ भूतो न भविष्यति

डॉ0 विष्णु सक्सेना

पद्मभूषण गोपाल दास नीरज हिन्दी काव्य आकाश के इतने बड़े नक्षत्र हैं जिन पर इतना लिखा जा चुका है कि ऐसा लगता है कि जैसे अब कुछ शेष नहीं लेकिन ऐसा नहीं है अभी भी न जाने कितने लोगों के पास उनसे जुड़े हुये कितने ही प्रसंग होंगे जो अभी कागज पर नहीं आये हैं। नीरज जी के विषय में चाहे कितनी ही बातें लिखी गयीं हों लेकिन हिन्दी काव्य मंचों पर गुजारे गये अपने 35 वर्षों के अनुभव के आधार पर कह सकता हूँ कि ‘नीरज’ भूतो न भविष्यति। नीरज जी को साहित्यकार कहें, कवि कहें या फकीर कहें? ऐसा लगता है नीरज जी हर सांचे में बिल्कुल फिट हैं।

4 जनवरी 2018 को नीरज जी 94 वर्ष के हो चुके हैं। आज उनका शरीर बूढ़ा हो गया है। लेकिन आभा कांति, प्रसिद्धि आज भी जवान है। आज भी नीरज जी चाहे जिस महफिल में जायें वो उनकी हो जाती है। सारे स्टिल और वीडियो कैमरे उनके चारों तरफ उन्हें कैद करने को आतुर रहते हैं। पत्रकार आज भी उनके कमरे के बाहर इन्तजार करते हैं कि कब नीरज जी उन्हें अन्दर आने के लिये कहें और हम उनसे बातचीत करें। न जाने कितनी फूल मालायें, उनके गले में पड़ने के लिये उतावली दिखती हैं। आज भी सम्मान उनके हाथों में सजने के लिये प्रतीक्षारत रहते हैं। हाल की निगाहें सम्पूर्ण नीरज को अपने में समेटने का प्रयास करती रहती है। अब नीरज जी जब बोलते हैं तो शब्द स्पष्ट सुनाई नहीं देते लेकिन उनके प्रशंसकों को इससे कोई मतलब नहीं नीरज जी उनके सामने हैं उनके लिये यही बहुत है। मुझे याद है आज से 5–6 वर्ष पूर्व अजमेर में रोटरी क्लब के तत्वाधान में एक कवि सम्मेलन था, आयोजक थे कमल शर्मा। उस समारोह में नीरज जी को विशेष रूप से बुलाया गया था। श्री सत्तन जी, जगदीश सोलंकी, सरिता जी और मैं। शायद एक दो लोग और रहे होंगे नाम याद नहीं आ रहे। नेहरू हाल में यह कार्यक्रम था। कहा जाता है ये हाल आज तक भरा नहीं, हमेशा कुछ न कुछ सीटें खाली रहती थीं लेकिन उस दिन हॉल खचाखच भर गया था। कारण सिर्फ एक ही था कि आज नीरज आ रहे हैं। शायद नीरज जी का

अजमेर जाना काफी अन्तराल बाद हुआ था। उस दिन मुझे लोगों ने बताया कि आज इतनी महिलायें और पुरूष सिर्फ नीरज जी को सुनने नहीं सिर्फ देखने आये हैं। अगर वो कविता न भी सुनाये तो भी हमारा आना सार्थक है। नीरज जी व्हील चेयर पर जैसे ही हाल में प्रवेश हुए और माइक से घोषणा हुई कि नीरज जी हमारे बीच पधार गये हैं। उस समय हॉल में प्रत्येक व्यक्ति ने अपने स्थान पर खड़े होकर नीरज जी का अभिनंदन किया। तालियाँ तब तक बजती रहीं जब तक वह मंच पर नहीं आ गये। ऐसा रहता है जलवा हमारे नीरज जी का। आज के समय में नीरज जी कविता पढ़े या न पढ़े सिर्फ मंच पर आ जायें यही आयोजकों के लिये बहुत है।

उनके साथ अच्छे बुरे प्रसंग हर दशक में जुड़े लेकिन सभी को मुस्कराकर उड़ाते रहे। जीवन में नीरज जी जिस किसी से भी जुड़े या जो भी आत्मीयता से नीरज जी के साथ जुड़ा उसका सदैव उन्होंने ध्यान रखा चाहे कोई कवयित्री हो, नवोदित कवि हो, हमप्याला हो, रसोइया हो, चालक हो, या व्हील चेयर खींचने वाला। इतने उदारमना कि अगर उनके निवास पर कोई नया या पुराना कवि पहुँच गया और अनुग्रह किया कि मेरी किताब के लिये दो शब्द लिख दीजिये तो शायद ही आज तक किसी को वापस लौटाया हो। लोग उन्हें भले ही मितव्ययी कहें लेकिन अगर कोई जरूरतमंद है तो उसकी आर्थिक मदद करने में भी पीछे नहीं रहते लेकिन उस मदद का कभी ढ़िंढोरा नहीं पीटते। ये संतत्व की निशानी है। हमेशा फकीराना अंदाज में जीने वाले नीरज जी स्वयं में एक मिसाल है। एक स्टार होते हुये भी न तो कभी स्टार वाले नखरे दिखाये और न ही स्टार वाला रहन–सहन अपनाया। वो लक्जरी गाड़ी में बैठकर बीड़ी पीने में गुरेज नहीं करते। इतनी साहित्यिक ऊँचाईयाँ छूने के बाद भी सदा जमीन से जुड़े रहने वाले इस संत का कभी किसी से मुकाबला नहीं रहा। जब भी मुकाबला रहा तो स्वयं से ही मुकाबला रहा। जरावस्था होने पर निरंतर व्याधियों से लड़ना कम जीवटता नहीं है। साहित्य के साथ–साथ किसी से भी, ज्योतिष पर, आयुर्वेद पर सार्थक संवाद करने में नीरज जी को आनंद आता है।

इसलिये मेरा क्या जाने कितने लोगों का मानना है कि नीरज जी जैसा व्यक्ति न तो अभी तक पैदा हुआ और न भविष्य में होगा। मैं उनके अच्छे स्वास्थ्य की कामना करता हूँ।

फकीराना बादशाहत
आदरणीय पद्मभूषण श्री गोपाल दास नीरज

डॉ. कीर्ति काले

हिन्दी कविता के पूरे एक युग का नाम है पद्मभूषण श्री गोपाल दास नीरज। नीरज जी ने कवि सम्मेलनों के मंचों पर काव्य का चरमोत्कर्ष भी देखा है और आज सम्भवतः चरमोपकर्ष भी देख रहे हैं।

जब मैं ग्वालियर में कॉलेज में पढ़ती थी तब भारत में नया नया टेलीविजन आया था। शाम को 5 बजे प्रसारण प्रारम्भ होता था दूरदर्शन के लोगो से। पहला कार्यक्रम कृषि दर्शन और अन्तिम कार्यक्रम संगीत या नृत्य का अखिल भारतीय कार्यक्रम। हम सारे ही कार्यक्रम बिना नागा देखते थे। तब महीने, पन्द्रह दिन में कवि सम्मेलन भी आता था। चूंकि तब मैं कविताएँ लिखने लगी थी, स्थानीय गोष्ठियों में भी जाती थी इसलिए दूरदर्शन और आकाशवाणी से प्रसारित सारे कवि सम्मेलन देखती, सुनती थी। साहित्यिक परिचर्चाऐं भी ध्यान से सुनती थी। तभी नीरज जी, सोम जी, रमानाथ अवस्थी जी, वीरेन्द्र मिश्र जी, डॉ कुंवर बेचैन जी, भारतभूषण जी, किशन सरोज जी, डॉ शिव मंगल सिंह सुमन जी, बैरागी जी, श्री सुरेन्द्र दुबे जी (जयपुर) को पहली बार देखा, सुना। नीरज जी सुनाते थे–

'कारवां गुजर गया गुबार देखते रहे'

'आदमी को आदमी बनाने के लिए आँसू नहीं आँखों वाला पानी चाहिए'

'अब तो मजहब कोई ऐसा भी चलाया जाए जिसमें इन्सान को इन्सान बनाया जाए'

ऐ भाई जरा देखके चलो' आदि आदि।

खूब पसन्द आता था उनका अलग अन्दाज में खाँसकर सुनाना।

नीरज जी पूरे कवि सम्मेलन पर छा जाते थे। तब टीवी पर जो भी दिखता था वो हीरो सा लगता था, सब उसकी नकल करने लगते थे। 1989 में मुझे स्थानीय और आसपास के कवि सम्मेलनों में आमंत्रित किया जाने लगा, मैं काव्यपाठ के लिए जाने लगी। तब कवियों में बड़े कवियों के विषय में

भी चर्चाएँ होती थी। नीरज जी के बारे में बहुत सी चर्चाएँ सुनी। उनका उल्लेख यहाँ नहीं करूंगी। बल्कि कुछ घटनाऐं, जिनकी मैं स्वयं साक्षी रही हूँ, साझा करना चाहूँगी।

पहली घटना –

दिल्ली में इण्डियन ऑयल कार्पोरेशन लिमिटेड का बहुत बड़ा कवि सम्मेलन होता था आज भी होता है। उसमें काव्यपाठ के लिए निमंत्रण प्राप्त हुआ। मैं अपने पिताजी के साथ दिल्ली आयी। भव्य मंच पर वे कवि विराजमान थे जिन्हें अभी तक केवल टीवी स्क्रीन पर देखा था, आज उन्हें साक्षात देखकर, उनके साथ मंच पर बैठकर ऐसा लगा जैसे जीवन की साध पूरी हो गई हो। पहले विश्वास ही नहीं हो रहा था कि ये सब सच है। अस्तु सबका काव्यपाठ मैंने अतिरिक्त ध्यान से सुना। उनकी आपसी बातचीत, उठना–बैठना सब बहुत ध्यान से देखा, सुना। मैंने क्या सुनाया ये तो याद नहीं पर तालियाँ खूब बजीं, सबने प्रशंसा की। मजेदार बात तो अब हुई। कवि सम्मेलन के बाद सभी कवियों और अतिथियों को दिल्ली के पाँच सितारा होटल मोर्या शेरेटन में रात्रि भोज के लिए ले गए। मैंने इतना बड़ा चकाचक होटल पहली बार देखा था। मैं थोड़ी डरी सहमी हतप्रभ सी सबको फॉलो कर रही थी। बहुत देर तक सब बैठे रहे। मुझे खूब जोर की भूख लगने लगी लेकिन खाना नहीं आया। लगभग एक डेढ़ घण्टे बाद हमें वहाँ ले गए जहाँ बुफे लगा था। IOC के अधिकारियों ने सबको खाना लेने का आग्रह किया। सबसे बड़े नीरज जी थे। सब कवियों ने सबसे पहले नीरज जी से खाना लेने को कहा। नीरज जी नीचे बिछे कालीन पर अल्ती पल्ती मारकर बैठ गए और बोले मैं तो नीचे बैठकर खाना खाता हूँ, मुझे यहीं परोसिए। सारे लोग सन्न रह गए। एक दूसरे का मुँह देखने लगे कि अब क्या करें। किसी कवि ने धीरे से नीरज जी से कहा कि ये फाइव स्टार होटल है, यहाँ स्वयं ही खाना लेना पड़ेगा, परोसने का सिस्टम नहीं है, तो नीरज जी जोर से बोले हम खाऐंगे तो धरती पर बैठकर नहीं तो नहीं खाऐंगे। सारे अधिकारी सकते में आ गए। अब करें तो क्या करें। तभी सर्वोच्च अधिकारी नीरज जी के साथ नीचे अल्ती पल्ती मारकर बैठ गये और वेटरों से बोले खाना परोसिए। फिर क्या था, सभी

जूनियर अधिकारियों, कवियों ने फाइव स्टार होटल के फर्श पर बिछे कालीन पर पंगत लगा ली। ऐसी फकीराना बादशाहत मैंने अपने जीवन में पहली बार देखी।

फिर तो अक्सर कवि सम्मेलनों में भेंट हो जाती थी। मैं नवोदित कवयित्री थी नीरज जी स्टार कवि। इतना स्टारडम होने के बावजूद भी उन्होंने कभी आडम्बर नहीं ओढ़ा, सदैव सरल, सहज। आजकल के नए नए स्टार कवि जो स्वयं अपने सर्वाधिक पारिश्रमिक की घोषणा करते और करवाते फिरते हैं, कीमती सूट–बूट का रौब झाड़ते घूमते है वो नीरज जी की लोकप्रियता और स्टारडम के आगे आज भी कहीं नहीं टिकते।

दूसरी घटना–

दूरदर्शन के सीपीसी की ओर से डॉ गोविंद व्यास जी के संयोजन एवं संचालन में कवि सम्मेलन की रिकॉर्डिंग खेलगाँव स्थित स्टूडियो में थी। मुझे भी कविता पाठ के लिए आमंत्रित किया गया था। आदरणीय श्री नीरज जी की अध्यक्षता में कवि सम्मेलन होना था। अचानक बिजली चली गई। स्टूडियो में बेहद गर्मी लगने लगी। सब पसीने पसीने हो रहे थे। काफी देर तक जब बिजली नहीं आयी, वैकल्पिक व्यवस्था भी नहीं हुई तो नीरज जी उठे और जाने लगे। किसी ने पूछा कहाँ चल दिए? वो बोले अलीगढ़। अब मैं इस गर्मी में यहाँ नहीं रुकुंगा। सब लोग उन्हें रोकने की चेष्टा करने लगे लेकिन वो नहीं माने। स्टूडियो से बाहर आकर अपनी एम्बेसडर गाड़ी में बैठ गए। सौभाग्य से तभी बिजली आ गयी। नीरज जी को मनाकर वापस स्टूडियो में लाया गया। वो कुर्ता उतारकर, घर की सिली जेब वाली बनियान में मंच के बीचों–बीच अध्यक्षीय आसन पर विराजमान हो गए। कार्यक्रम की प्रोड्यूसर ने उन्हें समझाया कि वे कुर्ता पहन लें, ऐसे बनियान में अच्छा नहीं लग रहा। तो नीरज जी फिर उठकर खड़े हो गए और बोले कि नीरज को देखना है या नीरज की कविता सुननी है? मैं तो ऐसे ही बनियान में बैठूंगा। आपको जँचता हो तो ठीक है नहीं तो मैं चला। प्रोड्यूसर के पास अब कोई विकल्प नहीं था, बोलीं आप बैठिए, आपको जैसा ठीक लगे वैसा हम करेंगे। फिर नीरज जी ने बनियान पहनकर ही दूरदर्शन के राष्ट्रीय प्रसारण में

प्रसारित होने वाले कवि सम्मेलन की अध्यक्षता की।

तीसरी घटना–

चार पाँच वर्ष पूर्व दिल्ली के त्रिवेणी सभागार में गोयनका फाउंडेशन का सम्मान समारोह एवं कवि सम्मेलन था। हिन्दी के नामचीन समीक्षक श्री नामवर सिंह जी को एक लाख रुपए का सम्मान दिया गया। अन्य अनेक गणमान्य साहित्यकारों को भी सम्मान राशि दी गयी। नीरज जी के सम्मान का क्रम आया। उन्हें उद्घोषक ने काव्य मंचों का महानायक घोषित किया और भी कसीदे काढ़े नीरज जी के सम्मान में। नीरज जी को बड़ी सी सजी धजी कुर्सी पर बिठाया गया। तिलक लगाया, शॉल ओढ़ाया, चाँदी में मढ़ा श्रीफल अर्पित किया। फिर उद्घोषक ने घोषणा की कि यहाँ सम्मान समारोह सम्पन्न हुआ अब कवि सम्मेलन होगा। नीरज जी नाराज हो गए। शॉल, श्रीफल वहीं कुर्सी पर फेंककर बड़बड़ाते हुए मंच के पीछे चले गए। हमें समझ में नहीं आया कि अचानक क्या हुआ? लेकिन जानकार लोग जान गए थे कि क्या हुआ? सबको सम्मान राशि और नीरज जी को कोरे शब्द। समीक्षक को एक लाख और कवि को कुछ नहीं। तभी श्याम गोयनका जी ने माईक से एनाउंस किया कि नीरज जी को भी एक लाख रुपए राशि का चेक दिया जाएगा। नीरज जी बोले दिया जाएगा नहीं, अभी दीजिए, बाद की किसने देखी है। वहीं एक लाख का चेक दिया तब नीरज जी माने।

चौथी घटना –

2005 में आईसीसीआर के सौजन्य से मुझे पाँच देशों की काव्य यात्रा पर इंग्लैंड, पोलेण्ड, सूरीनाम, ट्रिनिडाड, टुबेगो जाना था। तब मेरा कोई काव्य संग्रह प्रकाशित नहीं हुआ था। मैंने पाण्डुलिपि तैयार की और नीरज जी को फोन करके आशीर्वाद स्वरूप कुछ लिखकर भेजने के लिए आग्रह किया। आश्चर्य अगले दिन ही रजिस्टर्ड डाक से नीरज जी का आशीर्वाद स्वरूप लिखा दो पृष्ठों का पत्र मुझे मिल भी गया।

ये समस्त संस्मरण गीत ऋषि डॉ गोपाल दास नीरज जी के व्यक्तित्व की फकीराना बादशाहत को दर्शाते हैं लेकिन बहुत भारी मन से कहना पड़ रहा

है कि इस बादशाह ने अपनी सल्तनत मात्र अपने सिंहासन तक सीमित रखी। स्वयं का सम्मान, स्वयं को पुरस्कार, स्वयं का पद बचा रहे बस, भले ही धीरे–धीरे कवि सम्मेलनों से कविता गायब हो जाए। नीरज जी के फिल्मी और गैर फिल्मी गीतों को स्वयं उन्हीं के खरज भरे स्वर में सुनकर घण्टों तक झूमने वाले श्रोता उन्ही के देखते देखते अश्लील चुटकुलों पर मजा लेने लगे, घटिया जुमलेबाजी को कविता समझने लगे, क्षणिक उत्तेजना पर तालियों के पहाड़ खड़े करने लगे और मंच का बादशाह आत्ममुग्धता में अभिभूत हो अनदेखी करता रहा। उसके रहते अच्छे गीत, विचारवान कविताएँ कवि सम्मेलनों के मंचों को प्रणाम कर विदा होती रहीं और उसने उन्हें रोकने का कोई प्रयत्न नहीं किया। नीरज जी के देखते देखते सारे कवि सम्मेलन हास्य कवि सम्मेलन में परिवर्तित हो गए। जाने क्या विवशता रही कि नीरज जी सब कुछ देखते सुनते हुए भी लगभग अकर्मण्य बने रहे। जानते समझते की गई इस भूल के लिए इतिहास उन्हें कभी क्षमा करेगा या नहीं ये तो भविष्य बताएगा।

आदरणीय नीरज जी कवि सम्मेलनों के युग पुरुष हैं। मुझे गर्व है कि मैंने उनके साथ कई बार काव्यपाठ किया है ईश्वर उन्हें सौ वर्षों से भी अधिक आयु प्रदान करे।

लोकप्रियता का दूसरा नाम नीरज

नरेन्द्र दीपक

गीत हिन्दी साहित्य की सर्वाधिक लोकप्रियता विधा है। कहते हैं, जब मनुष्य नहीं था, और जब मनुष्य नहीं रहेगा, तब भी गीत ध्वनित होता रहेगा। गीत एक लय है। सारा संसार एक लय में प्रवाहमय है। वेदों से गीत की उत्पत्ति मानी जाती है। गीत प्रकृति से निसृत होता है। हवा एक लय में चलती है, झरने एक लय में बहते हैं, हमारी साँसों की भी एक लय है, हमारा दिल भी एक लय में धड़कता है। सृष्टि संगीतमयी है और गीत–संगीत का चोली–दामन का संबंध है।

गीत भारतीय संस्कृति में रचा–बसा है। गीत हमारी संस्कृति है। हर तीज–त्यौहार के अपने गीत हैं। गीत मौसम की बारहमासी ओढ़नी है। हर मौसम के अपने गीत हैं। आदिकाल से लोक–गीतों की अपनी परम्परा रही है, मौखिक परम्परा। जब लिपि नहीं थी, तब गीतों की मौखिक परम्परा थी। परिवार के परिवेश में बच्चों को गीत/लोक गीत कंठस्थ हो जाते थे। पारिवारिक उत्सवों, ब्याह–शादियों, तीज त्यौहारों और मौसम के अनुसार गीत गायकी का रिवाज था। रात को चौपालें सजती थीं, जहाँ धार्मिक, सामाजिक और पारम्परिक उत्सवों का समागम होता था और समयानुसार गीत–संगीत की लय पर लोग थिरकते थे। भक्तिकाल में तो सूर, मीरा, तुलसी के गीत। छन्द घर–घर गाये जाते थे, जो लोगों को कंठस्थ थे। गाँवों में आज भी भजनों, लोकगीतों, रामायण, भागवत आदि का पाठ प्रचलन में है। एक लम्बे अन्तराल के बाद भी सूर, तुलसी, मीरा, कबीर आदि अनेकानेक कवियों के विविध वर्णी छन्दों की गंध, आज भी समाज के मन–मस्तिष्क में घुली मिली है।

समय के साथ गीत–संगीत के आकार–प्रकार बदले गये। समाज के विकास के साथ गीतों की भावभूमि भी विकसित होती चली गई।

सामाजिक जीवन की विसंगतियों, विकृतियों और विविधताओं के दर्पण में गीत भी अपना चेहरा बदलता गया। लेखक परम्परा के उद्भाव और विकास के साथ काव्य एक शास्त्र के रूप में उदित हुआ और उसे साहित्य के रूप में पहचाना जाने लगा। आधुनिककाल के पूर्व तक साहित्य का अर्थ केवल काव्य था, और उसमें भी भाँति–भाँति के छन्द थे। मीरा के पद, तुलसी की चौपाइयाँ, कबीर–रहीम के दोहे, आज भी प्रासंगिक हैं। गीति परम्परा का इतिहास काफी कुछ ज्ञात होने के बावजूद शोध का विषय है।

समय के साथ–साथ गीत का रूप, विषय–वस्तु और छन्द विधान नये–नये आकार ग्रहण करता रहा। समाज के विकास के साथ वैविध्यपूर्ण विषय गीत का माध्यम बने। भक्तिकाल और उसके बाद तो गीत परम्परा का विकास ऊर्ध्वगति से समाज में परिलक्षित हुआ।

आधुनिककाल में छायावादी गीत परम्परा में प्रसाद, पन्त, निराला और महादेवी के नाम अगृणनीय हैं। वैसे छायावाद के अचर्चित कवियों की भी एक लम्बी फेहरिस्त है। आजादी के आंदोलनों में भी हिन्दी कवियों की महती भूमिका रही, जिसमें मैथिलीशरण गुप्त, माखनलाल चतुर्वेदी, बालकृष्ण शर्मा 'नवीन' सुभद्राकुमारी चौहान आदि के नाम उल्लेखनीय हैं।

आज़ादी के बाद के गीत–इतिहास पर नज़र डालें तो परिदृश्य बिलकुल बदला हुआ नज़र आता है। स्वतंत्रता के बाद देश की परिस्थितियों के बदलाव के साथ ही कविता और गीत की विषय वस्तु, भावभंगिमा और भाषा भी बदल गई। यह काल बच्चन से प्रारंभ होता है। इस काल में बच्चन के अतिरिक्त नरेन्द्र शर्मा, रामेश्वर शुक्ल अंचल, गोपाल सिंह नेपाली, बलवीर सिंह रंग, शिवमंगल सिंह सुमन आदि के नाम गिनवाये जा सकते हैं, वैसे ये सारे कवि आज़ादी के पहले ही हिन्दी साहित्य में अपना स्थान बना चुके थे और इन्होंने समाज में अपनी अच्छी पैंठ बना ली थी। इनका काल भी राजनैतिक दृष्टि से उथल–पुथल का समय था। देश आज़ादी प्राप्त करने के कगार पर था, अंग्रेज देश छोड़ने का मन बना चुके थे और राजनैतिक उथल–पुथल के इस समय में सामाजिक और आर्थिक गहमागहमी थी। तब तक कविता कवि सम्मेलनों के माध्यम से जनता के बीच अपना प्रभुत्व

स्थापित कर चुकी थी।

इसी समय कवियों की एक नई पीढ़ी बहुत तेजी से उभरकर जनता में अपना स्थान बना रही थी, जिसमें सबसे अलग–थलग चर्चा में थे गोपालदास नीरज। बहुत कम समय में नीरज ने देश की जनता में अपार लोकप्रियता हासिल कर ली थी। इनके समकालीनों में रामअवतार त्यागी, रमानाथ अवस्थी, देवराज दिनेश, बालस्वरूप राही, मुकुट बिहारी सरोज, वीरेन्द्र मिश्र आदि के नाम उल्लेखनीय हैं।

नीरज शताब्दी के सर्वाधिक लोकप्रिय कवि है। सन 1925 में उ.प्र. के पुरावली ग्राम (जिला इटावा) में जन्मे नीरज ने पन्द्रह वर्ष की अवस्था से कविता लिखना और मंचों पर पढ़ना शुरू कर दिया था। बहुत अल्प समय में पत्र–पत्रिकाओं और कवि सम्मेलनों के माध्यम से वे चर्चा में आ गये।

नीरज की लोकप्रियता के कई आयाम है। उनके रचना संसार के केन्द्र में ''मनुष्य'' है। इंसान को उन्होंने तरह–तरह से लिखा और गाया है। स्वाभाविक है कि मनुष्य के दुख–दर्द को केन्द्र में रखकर जिसका अधिकांश रचना संसार हो, उसे समाज से आत्मीयता, प्रेम, प्रतिष्ठा मिलेगी ही। उनका बहुत प्रसिद्ध मुक्तक है–

क्या करेगा प्यार वह ईमान को,
क्या करेगा प्यार वह भगवान को,
जन्म लेकर गोद में इंसान की,
प्यार कर पाया न जो इंसान को।

इस मुक्तक पर हज़ारों लोगों की अनेकों बार तालियों की गड़गड़ाहट का साक्षी मैं स्वयं रहा हूँ। उनका प्रसिद्ध गीत है–

बस यही अपराध मैं हर बार करता हूँ,
आदमी हूँ, आदमी से प्यार करता हूँ।

एक गीत में उनने लिखा है–

आदमी हो तुम, कि उठो आदमी को प्यार दो, दुलार दो,
ज़िन्दगी की धार को पहाड़ से उतार लो।

आदमी को लेकर ऐसी अनगिनत पंक्तियाँ नीरज के काव्य में आपको मिल जायेगी। गाँधी, नेहरू से लेकर आम आदमी तक नीरज की

कविताओं के दायरे में रहा।

नेहरू की मृत्यु पर, ये पंक्तियाँ–

जब तलक ज़िन्दा कलम है
हम तुम्हें मरने न देंगे।

कानपुर के नाम पाती में, वेश्याओं की पीड़ा को किस सादगी और चमत्कारिक भाषाओं में नीरज ने पिरोया है–

बस्ती ये मूलगंज जहाँ कोठों पर
रात सोने को नहीं जागने को आती है
एक ही रात में रूप की अपरूप कली,
ब्याह भी करती औ' बेवा भी हो जाती है

वेश्याओं का सारा जीवन इन पंक्तियों में नीरज ने उकेर कर रख दिया है। इन पंक्तियों को सुनकर हज़ारों–हज़ारों आँखें नम हो जाती हैं। नीरज के काव्य में आदमी और उसकी पीड़ा को लेकर सैंकड़ों पन्ने तो मेरे जैसा अदना सा कवि रंग सकता है। कह सकते हैं नीरज का काव्य अध्यात्म में सराबोर है, प्यार और श्रृंगार का समुद्र है, पीड़ा का पर्वत है, अर्थात समग्रता में आदमी की लम्बी कहानी या यूँ कहें उपन्यास है। एक बार नीरज जी ने मुझसे कहा कि मेरा मन था कि मैं एक महाकाव्य लिखता। यह इच्छा तो पूरी होने की सम्भावना काफी कम है, लेकिन मेरा अनुमान और विश्वास है कि अगर वो अपने जीवनकाल में, कोई महाकाव्य लिखते तो उसका विषय ''इंसान'' ही होता। एक बार मैंने उनसे मज़ाक में पूछा कि आपके लेखन के केन्द्र में ''आदमी'' से ज्यादा "महिलाएँ" रहीं और केवल लेखन में ही नहीं, जीवन में भी। वे बोले, जब मैंने आदमी के दुख–दर्द की बात की, उसमें तो स्त्री–पुरूष दोनों ही समाहित हैं, किंतु यह सच है कि समाज ने मुझे प्यार और श्रृंगार का कवि अधिक स्वीकार किया। प्यार और श्रृंगार यह नारी की कमजोरी है और स्वाभाविक है कि मेरे प्यार और श्रृंगार ने महिलाओं को मेरी ओर आकर्षित किया, जिसका मुझे लाभ भी हुआ और हानि भी। मैंने बीच में चुटकी लेते हुए पूछा ही लिया कि देश के अनेक शहरों में आपकी प्रेमिकाओं की कहानियाँ चलती हैं। वे मुस्कुराते हुए बोले, इसके पीछे एक राज़ है। प्रारंभिक दिनों में जब कवि सम्मेलनों में मेरी धूम थी और महिलाएँ मुझे घेरे

रहती थीं, उन्हीं दिनों में मैंने अंग्रेजी के कवि बायरन की आत्मकथा पढ़ी थी, जिसमें उसने लिखा था कि उसका मन है कि हर शहर में उसकी एक प्रेमिका हो। यह पढ़कर मेरे मन में भी जिज्ञासा जगी, कि मुझे हिन्दुस्तान का "बायरन" बनना चाहिए। मैंने एक सुलगता प्रश्न किया–आपकी इस जिज्ञासा का आपके लेखन पर क्या असर पड़ा? नीरज जी ने बहुत भावुक होकर कहा, "मैंने जितना लिखा है, उतना ही और लिखा होता"

नीरज ने सिर्फ़ आदमी की कहानी ही नहीं लिखी, उसने हमें ईश्वर से भी जोड़ा। नीरज का "अध्यात्मवाद" अपने आप में अध्ययन और खोज का विषय है। उसके अध्यात्म में रहस्यवादी छींटे भी दृष्टिगत होते हैं। मनुष्य को सद्कर्मों की सीख देते हुए वे ईश्वर के बारे में समझा देते हैं–

मत सोच, वह सियेगा तेरी चादर भी
वह तो सिर्फ़, सूई में धागा पिरोने वाला है।

ईश्वर केवल रास्ता दिखाने वाला है, सफ़र में काम तो आपके पाँव ही आयेंगे। ऐसी उक्तियों और सूक्तियों से भरा पड़ा है नीरज का काव्य। वैसे नीरज की लोकप्रियता के अनुरूप खूब काम हो रहा है, उनके काव्य संसार की, गहराई से जाँच–पड़ताल चल रही है। लगभग बीस शोधार्थियों ने नीरज के काव्य–सागर को खंगाला है और पी.एचडी. की उपाधि प्राप्त की है। अनेक प्रशंसक आज भी नीरज के काव्य का गहराई से अध्ययन कर रहे हैं। विचारणीय यह है कि दक्षिण भारत में, जहाँ आज भी हिन्दी अपनी अस्मिता की लड़ाई लड़ रही है, वहीं नीरज और उनके काव्य पर काफी काम हो रहा है। हैदराबाद की एक गृहणी डॉ. सी. बसन्ता ने नीरज के गीतों को लेकर बहुत काम किया है, उन्होंने नीरज के "रहस्यवाद" को गहराई से उकेरा है और नीरज के काव्य पर पी.एचडी. की उपाधि हासिल की है। उन्होंने मुझे बताया कि उनके अहिन्दी भाषी पति खूब डूबकर नीरज के गीत गुनगुनाते रहे हैं।

नीरज की भाषा नीरज के गीतों का आभूषण है। सहज, सरल, तरल और विरल भाषा से नीरज के गीतों का श्रृंगार हुआ है। वो आम आदमी की बोलचाल की भाषा का प्रयोग करते है। मुस्लिम बाहुल्य क्षेत्र में रहने के कारण

उनके काव्य पर उर्दू का गहरा प्रभाव है किंतु नीरज ने उर्दू के ऐसे कठिन शब्दों का प्रयोग नहीं किया, जिनके अर्थ समझनें या समझाने पड़े। आज तक मैंने उनकी कोई ऐसी रचना नहीं देखी, जिसके अंत में उर्दू शब्दों के अर्थ दिये गये हों। दुष्यंत कुमार के बारे में भी कहा जाता है कि उनकी ग़ज़लों की भाषा आम आदमी की भाषा है, किंतु उनकी रचनाओं में ऐसे अनेक शब्द मिल जायेंगे, जिन्हें आम आदमी नहीं समझता, जैसे "चिरागाँ"। नीरज ने हिन्दी के भी संस्कृतनिष्ठ शब्दों का प्रयोग नहीं किया। उनकी बहती हुई मुहावरेदार भाषा, सदैव आकर्षण का केन्द्र रही है और यही कारण है कि कवि सम्मेलनों में उन्हें चाव और लगावो से सुना जाता रहा है। मेरी एक ग़ज़ल का शेर था—

गुज़रे जो दिल से कल, तेरी यादों के काफ़िले,
बजता रहा मन में सितार, देर रात तक।

नीरज ने उस शेर की दूसरी पंक्ति बदलने का सुझाव दिया। उन ने कहा, कि कविता वह ज्यादा बेहतर है, जिसमें दुख का, पीड़ा का आभास हो। उन ने शेर को यूँ बदल दिया—

गुज़रे जो दिल से कल, तेरी यादों के काफ़िले,
आँखों से बहे आबशार देर रात तक।

नीरज की लोकप्रियता का एक और प्रमुख कारण उनका पीड़ा—जन्य सुरीला कंठ भी है। उनकी आवाज़ में एक खास कशिश है, एक खास खनक है। हीर—राँझा की धुन की तरह नीरज की आवाज़ में एक खास प्रकार की पीड़ा का आभास होता है। जितना मजा श्रोता उनके गीतों का लेते हैं, उतना ही आनंद उनकी गूँजती आवाज़ के जादू का भी। श्रोता भाव—विभोर हो उठते हैं।

फ़िल्मों ने भी नीरज को खूब लोकप्रिय बनाया। नीरज के अतिरिक्त अनेक हिन्दी गीतकारों ने फिल्मों में गीत लिखे, जिनमें नरेन्द्र शर्मा, गोपाल सिंह नेपाली, वीरेन्द्र मिश्र, बालकवि बैरागी, समीर, विट्ठल भाई पटेल, शैलेन्द्र, इन्दीवर आदि के नाम गिनवाये जा सकते हैं, लेकिन नीरज जैसी सफलता और लोकप्रियता किसी को नहीं मिली। उन्हें फिल्मफेयर अवार्ड से भी नवाजा गया।

आचार्य रजनीश नीरज से बहुत प्रभावित थे। नीरज ने उनकी

अनेक पुस्तकों की भूमिका लिखी। रजनीश जी अपने प्रवचनों में समय–समय पर नीरज का जिक्र किया करते थे। मुझे भी नीरज जी के साथ रजनीश आश्रम में तीन दिन रहकर कवि सम्मेलन में भाग लेने का अवसर मिला, जो काफी समय तक चर्चा में रहा।

नीरज की गणना ''सैलीब्रिटीज'' में होती है। कवि सम्मेलनों में उनके नाम पर अपार भीड़ इक्ट्ठी होने का चश्मदीद गवाह हूँ। रेलवे स्टेशन के प्लेटफार्मों पर उनके उतरते ही शोर मच जाता था, ''वह नीरज जा रहा है'' लड़कियाँ तो उनके आटोग्राफ लेने के लिये पागलों की तरह भीड़ में चोली–चुनरी की परवाह भी नहीं करती थीं। कोई दुहराता था, ''कारवाँ गुज़र गया'', तो कोई ''ऐ भाई ज़रा देख के चलो''। यह ज़िक्र अक्सर चलता था–

''कोई तो बात है, नीरज के गुनगुनाने में''

कितने विज्ञापनों में आज भी नीरज की पंक्तियाँ दुहाई जाती हैं। कटनी के एक कवि सम्मेलन में नीरज के न पहुँचने पर लोगों ने कुर्सियाँ फेंकना शुरू कर दिया था। लड़कियों की भीड़ मंच पर चढ़ आई और मुझे घेर लिया, ''हम लोग जबलपुर से सुनने आये हैं, कहाँ हैं नीरज?'' उस दिन मेरी जान रमेश यादव के इस गीत ने बचाई–

''ये पीला वासन्तिया चाँद''।

मंच पर नीरज रंग बदल बदलकर रचनाएँ पढ़ते थे। कभी वीर रस–''तीसरा युद्ध'', कभी राष्ट्रीय–''खास कहीं गंगा का किनारा हो ना जाये'', कभी श्रृंगार ''देखते ही न दर्पण रहो प्राण तुम'' तो कभी रहस्यवाद–

''माँ जल भरन न जाऊँ, बाहर छेड़े एक पड़ोसी छोरा
भीतर से तो काजर कोठा, बाहर दीखे गोरा–गोरा

कभी फिल्मी गीत ''ऐ भाई, जरा देख के चलो।'' उनकी रूबाइयाँ और ग़ज़लें भी बड़े चाव से सुनी जाती रही हैं। एक जमाना था जब नीरज पढ़ना शुरू करते थे, तो फिर उसके बाद कोई कविता पढ़ने की हिम्मत नहीं जुटा पाता था। उनकी पहिली रचना होती थी–

अब ज़माने को खबर कर दो,
कि नीरज गा रहा है

नीरज के आदर्श पुरूष बच्चन जी भी बाद में उनकी लोकप्रियता से

आतंकित हो गये थे। मैंने उन्हें (बच्चन जी को) सागर किशोर समिति के मंच पर रामावतार त्यागी के कान में यह कहते सुना है कि ''आज कल नीरज मंच बिगाड़ रहा है।'' मुझे कह लेने दीजिये, कि नीरज के सामने मैंने गोपालसिंह नेपाली और वीरेन्द्र मिश्र जैसे लोगों को मंच पर कमजोर पड़ते देखा है।

भारत सरकार ने नीरज को पद्मश्री से और फिर ''पद्म भूषण'' की उपाधियों से नवाजा। दिनकर ने उन्हें ''हिन्दी की वीणा'' कहा, किसी ने उन्हें हिन्दी का ''अश्व घोष'', किसी ने ''गीत ऋषि'' आदि, आदि, आदि।

नई पीढ़ी पर नीरज का गहरा प्रभाव रहा, जिनमें मैं स्वयं को भी शामिल मानता हूँ। मैंने स्वयं एक जगह लिखा है–

''दीपक'' के गीतों से आती,
नीरज और सुमन की खुशबू

हिन्दी की बगिया को अपने खुशबूदार गीतों से महकाने वाला यह लाड़ला गीतकार आज भी कह रहा है–

मैंने ज़िन्दगी गुजारी नहीं सभी की तरह
हर पल को जिया है, इक सदी की तरह।

उम्र के चौरानवे वर्ष पूर्ण कर चुके नीरज आज एक जीवित किंवदंती हैं और यदाकदा आदमी के दुख दर्द को गुनगुनाते रहते है। प्रार्थना है कि ईश्वर उन्हें और लम्बी उम्र दे और वे जनमानस के प्रेरणास्रोत बने रहें। उन्हीं की पंक्तियों से मैं अपनी लेखनी को विराम देता हूँ–

''मत ढूँढ़ो उसे शब्दों के नुमाइशदार में,
हर पपीहा यहाँ नीरज का पता देता है

और यह भी सच है–

''इतने बदनाम हो गये हैं, हम तो अब ज़माने में
लगेगी आपको, सदियाँ हमें भुलाने में।

गीत-सिंधु के जीवंत प्रबल-द्वीप 'नीरज'

बुद्धिनाथ मिश्र

पिछली सदी के सातवें दशक की वह कोई प्रारंभिक रात थी। कोहरों भरी जाड़े की सर्दीली रात। मुरादाबाद का प्रदर्शनी कवि सम्मेलन था। पहली बार मैं उनके पास बैठा था, आमंत्रित कवियों की अग्रिम पंक्ति में। उस मंच के सबसे बड़े कवि वे थे, और सबसे छोटा कवि मैं। उस समय तक मेरा 'जाल फेंक रे मछेरे' गीत 'धर्मयुग' में छपकर तहलका मचा चुका था। उसी का असर था शायद या नयी पीढ़ी को अँकवार में भर लेने की सहज प्रवृत्ति, उन्होंने पहली बार भेंट होने पर भी, केवल नाम सुनकर मुझे अपने पास बैठा लिया। यह उनका बड़प्पन था और मेरा बड़ा सम्मान। सम्मान केवल शाल, अभिनन्दन पत्र और फूलमाला से ही नहीं होता है। बल्कि किसी उदीयमान कवि के लिए उस तरह के सम्मान घातक ही होते हैं। वे सृजन चेतना की चिंगारी को बुझाकर कवि की प्रगति रोक देते हैं। खेद है कि साहित्यिक अकादमिया/संस्थाएँ युवावर्ग को अलग से पुरस्कार देकर यही काम कर रही हैं। नवोदित कवि के लिए सम्मान नहीं, प्रोत्साहन चाहिए, मार्ग–दर्शन चाहिए, जो बड़ों के आशीष भरे सान्निध्य से मिलता है। यही चिर–संचित भारतीय गुरू–शिष्य परम्परा का संस्कार है, जिसे लेकर हमारी पीढ़ी आगे बढ़ी थी। एक दो स्थानीय कवियों के बाद जब मुझे काव्यपाठ के लिए बुलाया गया, तो मैनें श्रद्धावश उनका आशीर्वाद लिया। मेरे लिए सबसे बड़ी हैरानी की बात यह थी कि वे मसनद पर पूरी सावधान मुद्रा में बैठे हुए मेरी एक–एक पंक्ति पर दाद दे रहे थे। उनका क्रम रात के दो बजे के बाद आया। संचालक ने कहा कि अब गीतों के राजकुमार श्री गोपालदास नीरज को माइक पर आमंत्रित कर रहा हूँ, जिनका जन्म ही तारीख बदलने के लिए हुआ है और जिन्हें सुनने के लिए आप इस ठंडी रात में भी इतनी देर से बैठे

हैं, जिन्होंने हिन्दी गीत–विधा को धन्य किया है, अलीगढ़ शहर को धन्य किया है और इस काव्यमंच को भी अपनी उपस्थिति से धन्य किया है। तालियों की गड़गड़ाहट में संचालक की आगे की उद्धघोषणा खो गयी। वे सरक कर आगे बैठ गए। उनके पीछे दो मसनद लगा दी गयीं। उन्होंने अपना काव्यपाठ 'न तन लेके लौटा, न मन लेके लौटा' किसी की आँख खुल गयी, किसी को नींद आ गयी' और 'कपड़े लिए धोबन की तरह' जैसे अपने बेहद लोकप्रिय मुक्तकों को अपनी खास शैली में सुनाकर शुरू किया। फिर एक–एक कर ग़ज़लों और गीतों का अम्बार लगा दिया। लगभग ढाई घण्टे तक उनका काव्यपाठ चलता रहा, इसके बाद केवल उन्हें देखने–सुनने आये श्रोता चले भी गए, मगर सौ–पचास श्रोता ऐसे थे, जो उस काव्यधारा में पूरी तरह डूब–उतरा रहे थे। नीरज जी के लिए वे रसिक श्रोता काफी मूल्यवान थे। उनकी हर फरमाइश को वे सोत्साह पूरा कर रहे थे। उस पहली भेंट में ही मैंनें समझा कि छोटी–छोटी बातों से ही कोई बड़ा कवि बनता है।

मेरा सौभाग्य है कि मैंनें नीरज जी का सान्निध्य तब पाया, जब वे दोपहर के सूरज की तरह तप रहे थे। हिन्दी काव्य मंच पर उनकी चमक जितनी देर तक रही, उसे देखते हुए उन्हें हिन्दी कवि सम्मेलन का 'क्रिसमस डे' (सबसे बड़ा दिन) कह सकते हैं। हिन्दी के श्रेष्ठ गीतकार के रूप में उन्होंने पूरे 75 वर्षों से हिन्दी कवि सम्मेलनों के मंच पर राज किया है। यह बागडोर उन्हें जिन महान गीतकारों से विरासत में मिली थी, उनमें सबसे बड़ा नाम गोपाल सिंह नेपाली का (1911–1963) है, जिन्होंने पहली बार अपने गीतों से हिन्दी सम्मेलन को चुम्बकीय आकर्षण दिया था। वे कक्षा पाँच तक ही पढ़े थे, इसलिए उनकी भाषा, उनकी कविताई और उनकी जादुई प्रस्तुति सर्वसाधारण को अपने निकट खींच लाती थी। न दुर्गम वक्रोक्ति, न दुरूह वक्रोक्ति, न कविता में दूर की कौड़ी लाने का प्रयास। मुझे लगता है कि कवि का ज्यादा पढ़ाकू होना भी कवित्व में पांडित्य भरकर उसकी सहजता छीन लेता है। नेपाली जी पहले गीतकार थे, जो दो–दो तीन–तीन घण्टे तक लगातार गीत सुनाते रहते थे और श्रोता मंत्रमुग्ध होकर सुनते रहते थे। बच्चन जी ने एक जगह कहा भी है कि नेपाली जी को सुनने के लिए ग्रामीण

श्रोता दस–दस मील से पैदल चलकर आते थे और रात–रात भर धैर्यपूर्वक उनकी बारी आने तक बैठे रहते थे। उनके गीत लम्बे–लम्बे होते थे और दस–दस अंतरा के– 'दो तुम्हारे नयन, दो हमारे नयन/चार दीपक सदा जगमगाते रहे।' 1930–1963 तक वे हिन्दी की जनप्रिय कविता के प्रतिमान थे, जिनका जिक्र किये बिना हिन्दी कविता का आकलन अधूरा है। उनका जनाधार इतना बड़ा था कि चीनी हमले के बाद जब उन्होंने सारे देश में घूम–घूम कर 'चालीस करोड़ों को हिमालय ने पुकारा' कविता से आह्वान करना शुरू किया, तो रेडियो पीकिंग ने उनके खिलाफ मोर्चा खोल दिया था। फिल्मों में भी उनके गीतों ने धूम मचा रखी थी। उनके भक्तिगीत 'मन तड़पत हरि दर्शन को आज' को 'कौन बनेगा करोड़पति' वालों ने भूल से सूरदास का बता दिया था। नीरज जी हालांकि बहुत पढ़े–लिखे हैं, हिन्दी के प्राध्यापक रहे हैं, मगर अपने कविता लेखन में उन्होंने नेपाली की सादगी को बरकरार रखा है। नेपाली बहुत अल्प अवधि तक काव्यमंच पर रह पाए, लेकिन उनके काव्यपाठ के जादू को नीरज जी ने तिरोहित होने नहीं दिया।

रोल्ड गोल्ड आभूषण जैसे नकली कवियों और उनके चतुर–शातिर सुनारों ने आज भले ही हिन्दी कविता को विपथ कर दिया है, लेकिन इसकी जड़ जिस दौर में गहरे जीम हुई है, उसे आधुनिक हिन्दी कविता का स्वर्ण काल कहा जाना चाहिए। सृजन, प्रभाव और व्याप्ति–तीनों दृष्टियों से, उस दौर को बनाने वालों में तीन गीतकारों का विशेष योगदान रहा है – नेपाली, बच्चन और नीरज। इन तीनों के समानान्तर एक और बड़ा नक्षत्र है, जो जन्म से विप्लवी है, मगर जब वह कुरूक्षेत्र के महासमर से थक जाता है, तब सुस्ताने के लिए गीत की सदानीरा के तट पर चला आता है। उसका नाम रामधारी सिंह 'दिनकर' (1908–1974) है तीनों गीतकार लगभग एक ही समय में पैदा हुए थे – बच्चन 1907 में, नेपाली 1911 में और नीरज 1924 में। बच्चन मूलतः अंग्रेजी के विद्वान थे। इंग्लैण्ड जाकर उन्होंने उस अंग्रेजी गीतकवि डब्ल्यू.बी. यीट्स पर पीएच.डी. की थी, जिन्होंने रवीन्द्रनाथ टैगोर की 'गीतांजलि' के अंग्रेजी पाठ को न केवल माँजकर दुरूस्त किया था, बल्कि उसकी भूमिका लिखकर तथा नोबेल पुरस्कार के लिए कविता की पूर्व

निर्धारित परिभाषा को तोड़कर उसे घुड़दौड़ में शामिल कराया। बच्चन जी आपादमस्तक गीत पुरूष थे। प्रारम्भिक दिनों में और खासकर संघर्ष के दिनों में नियमित गीत–लेखन, उनकी दिनचर्या बन गयी थी। इसके बावजूद उनकी प्रसिद्धि 'मधुशाला' के कवि के रूप में हुई। यह नशा इतनी जोर का था कि हिन्दी कविता में हालावाद के वे जनक मान लिए गए। नीरज के कवि ने बदनामी की हद तक नाम कमाया, मगर उनके सर किसी वाद को जन्म देने का इल्जाम नहीं लगा। वे शुद्ध रूप से गीत–गजल को अपनी विशेष शैली में प्रस्तुत करते हुए काव्यमंच पर छाये रहे। छाये रहे, तीन चौथाई सदी तक। थोड़े गीत और ज्यादा ग़ज़लें सुनाकर काव्यमंच की तेज़ धार में अपने पाँव जमाये रहे।

इतनी लंबी उम्र आजतक किसी कवि ने काव्यमंच पर नहीं पायी। अधिकतर गीतकार कम उम्र लेकर दुनिया में आये। वह उम्र भी वे ठीक से मंच को दे नहीं पाए। सोचता हूँ कि नीरज जी में वह कौन सा गुण था कि वे इतनी लंबी अवधि तक अपराजेय और अडिग रहे। पहला गुण है उनके व्यक्तित्व में लोच होना। शरीर विज्ञान कहता है कि जिसका मेरूदण्ड जितना लचीला होगा, वह उतना ही चिरायु होगा। नीरज जी के सामने ही अज्ञेय आये, विदेशी 'नयी कविता' का व्यंजन हिन्दी की कागजी प्लेट में परोसकर चले गए। उनके सामने ही डॉ0 शम्भुनाथ सिंह आये और 'नवगीत' की पताका जहाँ–तहाँ फहराकर चले गए। उनके सामने ही काका हाथरसी आये छंदोबद्ध लतीफों से तमाम अरसिक श्रोताओं को रिझाकर चले गए। नीरज जी ने कभी न किसी पर कोई टिप्पणी की, न किसी वैचारिक वाद–विवाद में पड़े। यहाँ तक कि काव्यमंच पर ही धीरे–धीरे कलमकार की जगह कलाकार आकर पैर पसारने लगे, मगर वे अनुष्णाशीत बने रहे। किसी को न रोका, न टोका। वे चाहते तो कोई कविता के नाम पर फूहड़ चुटकुला या जुमला नहीं पेश करता। मगर उन्होंने ऐसा नहीं किया। उन्होंने काव्यमंच को सुधारने का ठेका नहीं लिया था। जिसने बुलाया, वह जाने।

वे अगर अपनी शिष्य–मण्डली बनाना चाहते, तो आज महामण्डलेश्वर बन चुके होते। कभी–कभी मुझे जब कवि सम्मेलनों की

दुर्दशा पर गुस्सा आता है, तब मैं उन्हें ही कोसने लगता हूँ कि बीच सभा में द्रौपदी का चीर–हरण होता रहा और आप भीष्म पितामाह की तरह सर झुकाये बैठे रहे। नीरज जी की मजबूती यह रही है कि वे आजीवन छांदस कविता के प्रति प्रतिबद्ध रहे। उनके माध्यम से इतने दशकों तक यदि किन्हीं की छान्दस कविता लोगों के दिलों–दिमाग पर काबिज है, तो इसका श्रेय उस वाचिक परंपरा को है, जिसके अंतिम महारथी नीरज हैं। वे हिन्दी गीत–सिन्धु के एकमात्र जीवंत प्रबल–द्वीप बचे रह गए हैं। शारीरिक दृष्टि से अक्षम हो जाने के बाद भी उनकी जिजीविषा में कोई कमी नहीं आयी है। वे कवि सम्मेलनों में आज भी जाते हैं यह उनके रचनाकार की प्राणवायु है। इसके बिना उनके लिए जीना दूभर है। उन्होंने वैचारिक अकड़ दिखाई होती, तो उनके विरोधी उन्हें मंच पर बुलाना कम कर देते। नीरज जी के व्यक्तित्व का यही चमत्कार है कि उनके काव्यमंच पर आने के पचास वर्ष पूरे होने पर नवगीत के पुरोधा ठाकुर प्रसाद सिंह ने लखनऊ में एक संगोष्ठी की थी, जिसमें उनके बहाने कविता की वाचिक परम्परा पर विषद चर्चा हुई थी। उसकी अध्यक्षता डॉ0 बालशैरी रेड्डी ने की थी। हमारे जैसे अनेकों गीतकारों ने उसमें प्रतिभागिता की थी। ठाकुर प्रसाद जी और नीरज जी की गति संबंधी अवधारणाएँ भिन्न थीं। मगर उनका जो दाय है, उसे ठाकुर भाई रेखांकित करना नहीं भूले।

उनकी जीवन्तता का मूल कारण यह है कि वे हमेशा नयी पीढ़ी के साथ रहे हैं। उन्होंने अपने लिए स्थान बनाकर किसी सिद्धपीठ पर स्थापित होने के बजाय, नवागत पीढ़ी के साथ कदम से कदम मिलाकर चलना चाहा। भले ही लोग पाठ्यक्रमों की खोह में किसी तरह घुसाए गए कवियों को जनकवि का फतवा देते फिरें, मगर जनकवि पद पर पहला दावा नीरज जी का है। उनको सुनने के लिए लोग टिकट खरीदकर आते हैं, जबकि कृत्रिम जनकवियों के काव्यपाठ को पाँच चेले चपाटी ही झेलते मिलेंगे। नीरज जी का जीवन सिगार पीने की औकात रखते हुए भी बीड़ी पीने वाले एक सर्वहारा कवि का जीवन है। एक बार लखनऊ के सरकारी अतिथिगृह में आकस्मिक कारणों से उन्हें मेरे कमरे में रहना पड़ गया। सबेरे उठा, तो उनके बिस्तर के

नीचे पाव भर अधजली बीड़ियाँ फेंकी पड़ी थीं। मुझे सबसे ज्यादा आश्चर्य इस बात का है कि इतने दशकों से रात्रि जागरण, कुसमय भोजन, अनियमित दिनचर्या और तमाम यात्रा–कष्टों के बावजूद उनका स्वास्थ्य बराबर साथ दे रहा है। मैनें यह भी गौर किया कि उनकी शराब की मात्रा अत्यन्त संयमित होती है, वह भी वे अपने साथ लाते हैं और साहित्यिक संध्या–वंदन की तरह निष्ठा–पूर्वक ग्रहण करते हैं। उनके इस कर्मकांड में नयी पीढ़ी भी सम्मिलित होती है। प्रारम्भ में उन्होंने मुझे भी इसे ग्रहण करने के लिए बहुत जोर दिया, मगर मैनें बड़ी दृढ़ता और विनम्रता से मना कर दिया। प्रारम्भ में वे यह भी चाहते थे कि मैं किसी नौकरी–वौकरी के चक्कर में न पड़कर पूरी तरह काव्यमंच को समर्पित हो जाऊँ। दो तीन वर्षों तक मैनें ऐसा किया भी, मगर जब मेरा स्वास्थ्य जवाब देने लगा, तब मैनें 'आज' के साहित्य संपादक पद का प्रस्ताव स्वीकार लिया।

नीरज जी ने अपने जीवन दर्शन के कारण शिष्य–मंडली नहीं बनायी, जिसके कारण एक साक्षात्कार में मैनें उन्हें हिन्दी गीत–विधा का 'राजा निरबंसिया' कह दिया था। लेकिन आज सोचता हूँ कि क्या वे सचमुच राजा निरबंसिया हैं? यह सच है कि उन्होंने प्रतिभाशाली गीतकारों को कभी प्रश्रय नहीं दिया। यह सच है कि उनकी कृपा हमेशा दोयम दर्जे के कवि–कवियित्रियों पर ही बारहा बरसती रही, मगर यह भी सच है कि मंच पर पढ़ी गयी श्रेष्ठ कविता उनसे अनसुनी कभी नहीं रही। जो कविता उन्हें पसंद आती, उसकी मुक्तकंठ से वे प्रशंसा करतें इतने वर्षों के साहचर्य के बावजूद मुझे नहीं याद हे कि उन्होंने कभी किसी कवि सम्मेलन के लिए मेरी संस्तुति की हो। यह भी हो सकता है कि कवि सम्मेलन के अपने पैमाने से वे मुझे अपने उपयुक्त न पाते हों, मगर जब भी मेरा कोई नया गीत उन्हें पसंद आया वे उसकी तारीफ करने से नहीं चूके। मेरा 'सरस्वती' गीत ऐसा ही था, जिसकी उन्होंने जमकर तारीफ की थी।

एक अभिभावक की तरह नीरज जी ने मुझे समय–समय पर कुछ गुर सिखाये थे, जिन्हें उन्होंने अपने अनुभवों से सीखा था। जैसे कवि सम्मेलन में द्रुत गति से कविता पढ़ना चाहिए, क्योंकि नए कवियों को सुनने

के लिए श्रोता में धैर्य कम होता है। जैसे होटल/गेस्ट हाउस में जाकर सबसे पहले बाथरूम में पानी चेक करना चाहिए। जैसे, काव्यपाठ की अपनी शैली निर्धारित करना चाहिए। इसमें कोई सन्देह नहीं कि नीरज जी के काव्यपाठ का जादू उनकी सहज भाषा के अलावा उनकी खास शैली, वह गायकी शिथिल हो चुकी है, लेकिन उनके भक्त अब भी उन्हें छोड़ कहाँ रहे हैं। किसी मरीज़ की तरह व्हीलचेयर पर उनका घिसटकर मंच पर जाना और किसी तरह कविता पढ़ देना कम से कम मुझे अच्छा नहीं लगता। लेकिन इतने बड़े ब्रेंड नेम से अपने आयोजन को गौरवान्वित करने का लोभ कौन संयोजक छोड़ता है। इसलिए कुछ आदत और कुछ मुरव्वत से आज भी वे कवि सम्मेलनों में जाते हैं।

जहाँ तक मुझे जानकारी है, कवि सम्मेलन में 'विदाई' की परम्परा को तोड़कर 'पारिश्रमिक' की परंपरा चलाने का श्रेय बच्चन जी को है। उन्होंने ही सबसे पहले लिफाफे में क्या रखा जाए, इसे तय करने की अपरिहार्यता संयोजकों को बतायी। कविता को अर्थ से जोड़ने की जद्दोजहद में वे आखिरी दिनों तक डटे रहे। जब अमिताभ सुपरस्टार हो गए थे, तब भी उन्होंने बड़ी संजीगदी में 'स्वांतः सुखाय' (एक हजार साल की हिन्दी कविता का वृहत संकलन) की संपादक कुमुदिनी खेतान से अपनी कविता के कॉपीराइट के तहत यथासाध्य मानदेय भेजने का आग्रह किया था। नेपाली जी और नीरज जी इस माने में भी बहुत लचीले थे। उन्हें विश्वास था कि संयोजक उनकी प्रतिष्ठा और अपनी सामर्थ्य के अनुसार जो भी पत्रपुष्प देगा, वह ठीक ही होगा। बाद के दिनों में जब हास्यकवि अनाप–शनाप माँग करने लगे, तब नीरज जी ने भी अपना बाजार–भाव ठीक किया। कवि सम्मेलन को मुख्य आजीविका बनाने से पारिवारिक जीवन बिल्कुल अस्थिर और अनियमित हो जाता है। नीरज जी का पारिवारिक जीवन भी बहुत सुखद नहीं रहा। हमेशा डेंजर जोन में। आदर्श और अनुकरणीय तो कतई नहीं। शायद उन्होंने अपने कवि को हद से ज्यादा बदनाम कर लिया था। लेकिन इस पंक से ही उनकी कविता का कमल खिला था। उनके गीत अत्यन्त रूमानी हृदय की तह से निकले शिलाजीत

की भांति ऊर्जावान हैं। उन गीतों में जो भाषा है, वह हिन्दी–उर्दू की दीवार तोड़कर निकली है। उन्होंने फिल्मों में भी जो गीत लिखे, उनकी भाषा और शैली बिल्कुल भिन्न हैं। कोई फिल्मी गीतकार 'मंदिर' जैसे छायावादी शब्दों को गीत में पिरोने की बात सोच भी नहीं सकता। 'ऐ भाई जरा देख के चलो' का छंद और संगीत तो अद्वितीय है ही।

मैं चाहता था कि उनके गीतों का विस्तृत विश्लेषण करूँ, मगर उनके लिए अलग से समय चाहिए। अभी इतना ही कहना चाहता हूँ कि वे मंच पर जब 'स्वप्न झरे फूल से' गीत लेकर उदित हुए थे तब गीतकारों के लिए कड़ी प्रतिस्पर्धा थी। लेकिन, यह गीत इतना लोकप्रिय हुआ कि बाद में इसके लिए फिल्म तक (नयी उम्र की नयी फसल) बनी। इसके बाद उनके गीतों की एक लंबी श्रृंखला है, जो मंच के दबाव से उभरकर सामने नहीं आ पाए। बल्कि यह कहना उचित होगा कि पिछले चार दशकों से काव्यमंच पर वे गीत की अपेक्षा, अपनी ग़ज़लें ही परोसते रहे, जिनका कोई बहुत साहित्यिक मूल्य नहीं है। इससे तमाम लोग यह मान बैठे हैं कि उनके गीत भी सामान्य कोटि के ही हैं। इधर महात्मा गाँधी अन्तर्राष्ट्रीय हिन्दी विश्वविद्यालय, वर्धा ने मुझसे आग्रह किया है कि उनके एक सौ कालजयी गीतों का संकलन तैयार करूँ। मैं उस पर काम कर रहा हूँ। मेरा प्रयास होगा कि वह संकलन गीतकार नीरज को समझने और व्याख्यायित करने में ज्यादा सहायक हो। निस्सन्देह, उस गीत शतक का पहला गीत होगा –

छुप–छुप अश्रु बहाने वालो, मोती व्यर्थ लुटाने वालों
कुछ सपनों के मर जाने से जीवन नहीं मरा करता है।

ईश्वर उन्हें रामकथा की लंबी उमर दें।

मेरा गीत दिया बन जाए
जीवन और प्रगति के कवि नीरज की कविताओं से एक मुलाकात

डॉ0 ओम निश्चल

अंधियारा जिससे शरमाये,
उजियारा जिसको ललचाये,
ऐसा दे दो दर्द मुझे तुम
मेरा गीत दिया बन जाये!

इतने छलको अश्रु थके हर
राहगीर के चरण धो सकूं,
इतना निर्धन करो कि हर
दरवाजे पर सर्वस्व खो सकूं

ऐसी पीर भरो प्राणों में
नींद न आये जनम—जनम तक,
इतनी सुध—बुध हरो कि
सांवरिया खुद बांसुरिया बन जाये!

नीरज के गीतों की यह मुद्रा जानी पहचानी है। लगभग सात दशक से कविता और गीतों के मंच पर लोकप्रियता के शिखर पर आरूढ़ नीरज ने जैसे अपने प्राणों, सांसों और संवेदना की रोशनाई से हिंदी कविता को सींचा है। जिस दौर में पाठ्य कवियों और मंचीय कवियों में अधिक भेद न था, बच्चन, दिनकर, बालकृष्ण शर्मा 'नवीन' जैसे कवियों ने अपनी कविताओं से कवि सम्मेलनों के माध्यम से लाखों लोगों में जीवन—रस का संचार किया था, एक सुदृढ़ कवि—परंपरा निर्मित की थी, उसी दौर में कवि मंच पर नीरज का अवतरण हुआ। उनकी कविता जैसे अपनी कवि परंपरा से आयतित जीवन मूल्यों का वहन करती दिखती थी। वे ऐसे कवियों में थे जिन्होंने सदियों की

कविता परंपरा में न्यस्त छंद परंपरा का वहन किया जिसने कई पीढ़ियों को कविता के संस्कार दिए हैं। उस दौर के कवि सम्मेलनों की परंपरा देखें तो कवि मंचों पर आज के सतही हास्य व्यंग्य और नकली ओज के कवियों का प्रवेश लगभग निषिद्ध था। इन कवियों की कविताओं में जीवन दर्शन की मिठास थी, भाव और संवेदना का एक समुद्र–सा लहराता था, बोलचाल में निबद्ध कविता सुनने वालों में जीवन का संचार करती थी। नीरज की कविता इसी तरह चुपके चुपके लोगों के जीवन में घर बनाती गयी। बाद के अनेक वर्षों तक कवि सम्मेलनों की बागडोर आधी रात के बाद अपने हाथ में ले लेने वाले नीरज के गीतों से ही सुबह हुआ करती थी। वे गीतों के राजकुमार और छंदों के बादशाह बने। उनके गीतों से मनुष्य को जीने की प्रेरणा मिलती थी। थके हारे को एक सुकून व विश्रांति और दग्धंहृदय व्यक्ति को प्रेम और अनुराग की सच्ची अनुभूति–और–प्रतीति। कहना न होगा कि कविता की मुख्यधारा से प्रीति रखने वाले लाखों लोगों ने नीरज के गीतों से प्रेरणा ली है। नीरज के गीतों से आशिकी के चलते वे कविता के रसिक बने और धीरे धीरे कविता के विपुल सृजन संसार से परिचित हुए।

नीरज के गीतों में मनुष्य की पीड़ा भी है, पीड़ा का बखान भी तो इससे उबरने का मूलमंत्र भी निहित है। उनके गीतों में मनुष्य की वेदना है तो प्रणय की बांसुरी भी सुनाई देती है। लाख जीवन नैराश्य में डूबा हो, नीरज के गीत गुनगुनाते ही आशा की कुमुदिनी खिल उठती है। पीर मेरी, प्यार बन जा कह कर उन्होंने मानवीय पीर को स्नेहसिक्त छंदों में बदल दिया है। उनके गीतों में निज की पीर भी है, मैं और तुम के बीच का अनथक एकालाप भी है तथा समूचे जग को संबोधित उद्‌गार भी। आज निराशा में डूबे हैं, प्यार में छले गए हैं, प्रारब्ध ने आपके साथ प्रतिकूल व्यवहार किया है, नीरज के गीत व्यक्ति के मन के घावों पर मरहम का काम करते हैं। वे इस छलनामय जीवन में विश्वास और प्रेरणा का बोध पुनर्जाग्रत करते हैं। वे यह ऐलान करने को कहते हैं कि अब जमाने को खबर कर दो कि नीरज गा रहा है। जैसे कि गाना ही मनुष्यता की प्रतिष्ठा को पुर्नस्थापित करना है।

हर छलकती आँख को वीणा थमा दो,

हर सिसकती साँस को कोयल बना दो,
हर लुटे सिंगार को पायल पिन्हा दो,
चाँदनी के कंठ में डाले भुजाएँ,
गीत फिर मधुमास लाने जा रहा है।
अब जमाने को खबर कर दो कि 'नीरज' गा रहा है

बचपन से नीरज के गीतों से परिचय हुआ। यद्यपि उनके गीत बोध के स्तर पर सरल न थे, उनमें जीवन की बारीकियां दर्शन के आसान धागों से बुनी गयी प्रतीत होती थीं। पर, धीरे धीरे गाते गुनगुनाते उनके गीतों का भाव मन को भाने लगा। उनके अर्थ कुछ कुछ मन में खुलने लगे। नीरज की यही विशेषता है कि कम पढे लिखे व्यक्तियों से लेकर उच्च शिक्षित समुदाय तक उनके गीत जादू की मानिंद असर करते हैं। जैसा एक शायर ने कहा है कि **कहानी मेरी रुदादे जहां मालूम होती है। जो सुनता है उसी की दास्तां मालूम होती है।** नीरज के गीतों के साथ कुछ ऐसा ही है। वे लोगों के दुखों से व्यथित होते हैं। जानते हैं कि यह जीवन दुखमय है। किसी को प्यार का अभाव रुलाता है तो किसी को पूँजी का वैभव। किसी को रोटी की किल्लत है तो किसी को अपनों के अपनत्व की। चार आर्यसत्यों के बोध के बाद सिद्धार्थ जैसे बुद्ध बन गए, दुनिया में मान–अपमान सुख– दुख आशा–निराशा हास और रुदन के अंतर्द्वन्द्व को देख नीरज का मन आर्त हो उठा और वह कवि बन गया। कविता तो दुख की कोख से ही जन्म लेती है। तभी तो आदि कवि की वाणी तो क्रौंच वध के शोक से ही श्लोक में बदल गयी। नीरज का कवि भी प्रारंभ से ही अभावों और गुरबत से होकर गुजरा है। कानपुर में इस कवि को जीवन के यथार्थ का सामना करना पड़ा। पेट की भूख मिटाने के लिए टाइपिस्ट की नौकरी से लेकर सिनेमा की गेटकीपरी तक की नौकरी करनी पड़ी, सो तन की भूख तो धीरे धीरे मिटती गयी पर मन की भूख गहराती गयी। इसी भूख ने नीरज को वाल्मीकि का वंशज बना दिया। मानवीय दुख को करुणा के गान में बदल देने वाले नीरज ने गए छह–सात दशकों में खूब लिखा है तथा बार बार इस दुख से उबरने का सलीका मनुष्यों को सिखाया है।

प्रेम पथ हो न सूना कभी इसलिए

नीरज अपने रचना संसार में सदैव प्रेम का पथ बुहारते रहे हैं । प्रेम नहीं तो जीवन नहीं। एक गीत में उन्होंने लिखा है। **'प्रेम पथ हो न सूना कभी इसलिए। जिस जगह मैं थकूं उस जगह तुम चलो।'** याद करें तो समकालीन कवियों में ऐसे कवि विरल ही हैं जिन्होंने प्रेम का ऐसा समुच्चय गान किया है। प्रेम की गली कभी सूनी न हो। हमेशा गुलजार रहे। जिस दुनिया में अनुरागमयता होती है, वह दुनिया कितनी सुंदर होती होगी। कवि हमेशा प्रेम के ही गीत गाता है। वह लौकिक प्रेम हो या अलौकिक। जायसी, कबीर, नानक, रैदास, मीरा ये सब प्रेम के ही तो कवि हैं। इसलिए नीरज गलत नहीं कहते कि देखना प्रेम की राह सूनी न हो। और इस पथ पर चलते चलते थक जाऊँ तो तुम चलना शुरु कर देना। कबीर ने भी ढाई आखर में ही प्रेम की पूरी प्रतीति पा ली। यह ईश्वर से ही उनकी प्रीति थी कि उन्होंने सच्चाई से मुंह नहीं मोड़ा। किसी सत्ता का मुँह नही जोहा। मीरा ने प्रेम का ही मधुरिम गान किया। हे री मैं तो प्रेम दीवानी मेरो दरद न जाने कोय। तुलसी ने तो ज्ञान को तलवार की धार ही कह डाला। ज्ञान के बदले भक्तिं और प्रेम का समर्थन किया। नीरज ने भी अपने कवि की निष्कृति प्रेम में पाई। उन्होंने तभी तो कहा कि प्रेम अगर इस बीमार उम्र की उंगली नहीं पकड़ता तो हर पीड़ा वेश्या बन जाती और हर आंसू आवारा होता। उन्होंने यह भी कहा कि किसी की जिंदगी में अगर कोई प्यार की कहानी नही है तो वह आदमी नहीं है। इसलिए जिंदगी में प्यार का एक खाता जरूर होना चाहिए। आदमी को आदमी बनाने के लिए जिंदगी में प्यार की कहानी चाहिए। शायद इसलिए जिसके हृदय में प्यार है उसी के हृदय में करुणा का निवास हो सकता है। जो व्यक्ति दूसरों के दर्द से द्रवित नहीं होता, वह खुदा से बहुत दूर होगा। इसी तरह नीरज ने यह भी कहा कि यदि आंखों में प्यार का रस नहीं तो अमीर से अमीर व्यक्ति भी निर्धन है।

एक वक्त गीतों का था। परिदृश्य में नीरज, रामावतार त्यागी, रमानाथ अवस्थी, सोम ठाकुर, शंभुनाथ सिंह, भारत भूषण तथा किशन सरोज

के गीतों को मंचों पर सदैव उच्च आसन मिला है। पर जो दर्द नीरज के यहां है, कहीं कहीं भारतभूषण के यहां है, कुछ कुछ किशन सरोज के गीतों में है वह दर्द और कहीं नहीं है। दर्द दिया है, नीरज के गीतों के संग्रह का नाम ही है। नीरज का बचपन व कैशोर्य अभावों में बीता। कानपुर के नाम पाती उनका आत्मकथ्य हो जैसे। **'कानपुर आज जो देखे तू अपने बेटे को। अपने नीरज की जगह लाश उसकी पाएगा। कुछ यहां मैंने खुद को बेचा है। मुझको मुफलिस भी खरीदे तो सहम जाएगा।'** नीरज का गीतकार अभावों में पला है तभी उसके कंठ में इतनी मिठास है। हूक है। इन्हीं अभावों में नीरज ने जीना सीखा तथा दुनिया को जीना सिखाया भी। अपने प्यार के लिए बदनाम भी हुए पर प्यार की पैरवी करनी नहीं छोड़ी। वे चाहते थे कि व्यक्ति के जीवन से प्यार का मुहूरत न निकल जाए। इस बात को वे अपनी प्रेयसी को संबोधित करते हुए कहते हैं। **'देखती ही न दर्पण रहो प्राण तुम। प्यार का यह मुहूरत निकल जाएगा।'** उनकी दृष्टि में प्यार के रसायन के बिना कुछ भी चलने वाला नहीं। जीवन का सारा कारोबार जैसे प्यार पर आधारित हो। एक गीत में देखिए वे क्या कहते हैं:

बिना प्यार के चले न कोई, आँधी हो या पानी हो,
नई उमर की चुनरी हो या कमरी फटी पुरानी हो,
तपे प्रेम के लिए, धरित्री, जले प्रेम के लिए दिया,
कौन हृदय है नहीं प्यार की जिसने की दरबानी हो,

तट–तट रास रचाता चल,
पनघट–पनघट गाता चल,
प्यासी है हर गागर दृग का गंगाजल छलकाता चल।
राही हैं सब एक डगर के सब पर प्यार लुटाता चल।

मुहब्बत के इस राजदूत ने जीवन में प्यार की खिड़कियां खोले रखने का हर जतन संभव किया है। तभी तो वह गर्व से कहता भी है, **'एक नहीं, दो नहीं, करोड़ों साझी मेरे प्यार में।'** वह कहता है **'आंसू जब सम्मानित होंगे, मुझको याद किया जाएगा।'** जहां प्रेम का चर्चा होगा, मेरा नाम लिया जाएगा। नीरज कहते हैं प्रेम को किसी दान, दया या रियायत

की जरूरत नहीं है। वह तो स्वयमेव समृद्ध है। यही कारण है कि आप उन्हें भले ही अपराधी मानें, वे हमेशा प्रेम के लिए प्रतिश्रुत रहे हैं। कहा भी है उन्होंने **'बस यही अपराध मैं हर बार करता हूं। आदमी हूं आदमी से प्यार करता हूँ।'**

हिय–हिलगे 'तुम' से नाता

नीरज का तुम केवल तुम नहीं, अन्य नहीं, वह उनसे बहुत अभिन्न है। उनसे हिय–हिलगा है। इसलिए उनके इस तुम में सारी दुनिया समा जाती है। सर्वनाम की ऐसी बहुव्यापकता अन्य कवियों में कम दिख पड़ती है। वे तुम के साहचर्य को जीवन के लिए जरूरी और अपरिहार्य मानते हैं। देखिए कैसे गीत उनके तुम की अपरिहार्यता को प्रमाणित करते हैं। वे बार बार तुम के साहचर्य की गुहार लगाते हैं। केवल मैं में उनका कथ्य पर्यवसित नही होता। वह इसमें तुम की भी बराबर की साझेदारी मानता है तभी तो कहता है बार बार :

तुम दीवाली बनकर जग का तम दूर करो,
मैं होली बनकर बिछड़े हृदय मिलाऊंगा!

———

तुम्हारे बिना आरती का दीया यह
न बुझ पा रहा है न जल पा रहा है।

———

आदमी हो तुम कि उठो आदमी को प्यार दो,
दुलार दो।
रोते हुए आँसुओं की आरती उतार दो।

———

तुम झूम झूम गाओ, रोते नयन हंसाओ,
मैं हर नगर डगर के कांटे बुहार दूंगा।

———

देखा जाय तो इस मैं और तुम के सिवा क्या बचता है इस दुनिया में। प्रकृति और पुरुष में भी दृश्य और द्रष्टा का भाव है। एक कवि ने लिखा है। **मैं लिखूंगा गीत, तुम गाना, अमर हो जाएंगे हम।** मैं का तुम से ऐसा ही सघन साहचर्य है। इसे ही गीतकार रामावतार त्यागी ने इन शब्दों में

बांधने की चेष्टा की है: जो संबंध स्वयंवर का सिंदूर से। मेरा और तुम्हारा वह संबंध है। एक नाता जिससे हो वह तुम कोई और नहीं जैसे अपने ही चित्त का दूसरा संस्मरण लगता है। मैं की ही कोई रेप्लिका––प्रतिकृति। इस संबंध को नीरज ने जिस तरह अपनी कविताओं में जिया है वह विरल है। कवि तुम से कांधा से कांधा मिला कर चलने का संकल्प निभाता है। वह तुम को जीवन के इस महासमर में अकेला नहीं छोड़ना चाहता। यह तुम को जीने की ही चाहत है कि कविवर द्वारिका प्रसाद माहेश्वरी को लिखना पड़ा : **'मेरी कविता का हर बोल तुम्हारा है। यह इदम् न मम् की साधना है। यह आत्मवत सर्वभूतेषु का अभिलषित स्वीकार है।'** इसीलिए कवि कहता है तुम्हारे बिना जीवन का कोई कारोबार नहीं चलता। आरती का दीया जलता है न बुझता है। अन्यत्र नीरज कहते हैं : एक तेरे बिना प्राण ओ प्राण के सांस मेरी सिसकती रही उम्र भर। सच कहें तो नीरज की कविता **'मैं से तुम तक'** की यात्रा है। देखत तुमहि तुमहिं होइ जाई का–सा भावबोध है।

नीरज के यहां गहरा जीवन दर्शन है। लौकिक से अलौकिक प्रतीतियों को छूने की चेष्टाएं हैं। लघुता से विराटता की ओर प्रयाण। पर वे जहां मनुष्य जीवन की नियति और उसके प्रारब्ध पर बात करते हैं वहां वे यथार्थवादी कवि के रूप में समाज की विद्रूपताओं पर प्रहार भी करते हैं। कभी नवगीतकार उमाकांत मालवीय ने लिखा था : टाफी और खिलौनों वाली एक गदोरी गोरी। उसे थमा दी एल्युमेनियम की पिचकी हुई कटोरी। भिखमंगन बन डोले शहजादों की परी सहेलियां। फैली हुई हथेलियां। नीरज लिखते हैं : जिनको जाना था यहाँ पढ़ने को स्कूल। जूतों पर पालिश करें वे भविष्य के फूल। चिंता एक–सी है। नीरज ने पग पग पर सूक्तियां बिखरी हैं। उन्होंने अनेक काव्यरूपों का प्रयोग किया है । गीत भी, गीतिका भी, गजल भी, रूबाई भी, दोहे भी, सवैये व पारंपरिक छंद भी लिखे हैं उन्होंने। उनके कुछ दोहे देखें जो अपने आप में मोतियों की तरह मूल्यवान हैं :

आत्मा के सौन्दर्य का, शब्द रूप है काव्य
मानव होना भाग्य है, कवि होना सौभाग्य।
दिल अपना दरवेश है, धर गीतों का भेष

अलख जगाता फिर रहा, जा–जा देस विदेश।
ना तो मैं भवभूति हूँ, ना मैं कालीदास
सिर्फ प्रकाशित कर रहा, उनका काव्य प्रकाश।

धन तो साधन मात्र है, नहीं मनुज का ध्येय
ध्येय बनेगा धन अगर, जीवन होगा हेय।

नीरज जहां अपनी कविताओं में उदासियों का एक कोना सजाते हैं वहीं उम्मीदों का दिया भी जलाते हैं। वे नाउम्मीदी के नहीं आशा और उजास के कवि हैं। खुद उनका बचपन व कैशोर्य कितनी विपन्नताओं से होकर गुजरा। कानपुर की यादें इसकी गवाह हैं। पर वे दुश्वारियों से जूझते हुए पढते लिखते और गाते रहे। उनके भीतर का कवि इन कठिनाइयों में मुरझाया नहीं, वह उत्तरोतर परवान चढता रहा। आह से उपजा होगा गान–––की कसौटी पर उनके गीत दर्द की गहराइयों से पैदा होते रहे किन्तु उसी के बीच प्यार का बिरवा भी पनपता रहा। दर्द दिया है उनका गीत संग्रह दर्द से भीगा है। उनके भीतर एक शुद्ध कवि का अंतःकरण था । वह दुनियावी मायावी संसार से पराजित होने वाला न था। यही वे दिन थे जब वे गा रहे थे। **स्वप्न झरे फूल से । मीत चुभे शूल से। लुट गए सिंगार सभी बाग के बबूल से। और हम खड़े खड़े बहार देखते रहे। कारवां गुजर गया गुबार देखते रहे।** यही वे दिन थे जब वे महसूस कर रहे थे कि वे किस बड़े मकसद से प्रेरित होकर सरस्वती के आंगन में आए हैं और क्या–क्या दिन देखने को मिल रहे हैं। आज भी वे पंक्तियां हार की तरह हमारे कान में सुन पड़ती हैं जिस आह से नीरज ने कानपुर के नाम पाती लिखी। यही वे दिन थे जब उन्होंने लिखा : **कांपती लौ ये सियाही ये धुआं ये काजल। उम्र सब अपनी इन्हें गीत बनाने में कटी। कौन समझे मेरी आंखों की नमी का मतलब। जिंदगी वेद थी पर जिल्द बंधाने में कटी।** यह केवल उन्हीं की नहीं अक्सर जीवन जब अपने ध्येय की पटरी से उतर जाता है तो ऐसी ही अनुभूति होती है कि क्या करने आए थे और क्या कुछ करना पड़ रहा है।

एक गीत गा रही है जिन्दगी

नीरज में निराशाएं अपार हैं। आंसू हैं, अर्थी है, दुखों के घात प्रत्याघात हैं, तो उजास की कनी भी। वे केवल निराशा की कुहेलिका में डूब कर रह जाने वाले कवि नहीं इंसान को उससे बाहर निकलने की प्रेरणा देने वाले कवि हैं। इसलिए वे पग पग पर उम्मीदों का दिया जलाते चलते हैं। दर्द को उकेरने में उनकी तुलना केवल गोपाल सिंह नेपाली से की जा सकती है जो उनके पूर्वज कवियों में थे या पंजाबी के कवि शिव बटालवी से। नेपाली को ऐसे ही कठिन अनुभवों से गुजरते हुए लिखना पड़ा था। **'बाहर हँसना, भीतर रोना। संगिनि, जान गया हूं मैं।'** बटालवी के गीत जैसे उनकी आत्मा की साज से होकर निकले हैं। भारत भूषण को कहना पड़ाः **'मेरे गीतों का घूँघट मत खोलो। प्रिय नयन तुम्हारे भर भर आएंगे।'** नीरज इसी दौर के कवि हैं। एक इंसान के रूप में उन्होंने भी जीवन के झंझावातों से होकर गुजरना पड़ा। फिर भी उनके कवि की आत्मा ने हार नहीं मानी। क्योंकि कवि तो प्रजापति है। वही पराजय के बोध से भर जाए तो इस सृष्टि का क्या हो। लिहाजा पग पग पर उन्होंने प्रत्याशाएं भी बोईं। कहा, सपने देखना मत छोड़िए। यह एक स्वप्नदर्शी कवि ही कह सकता है। और यह भी कि जरा सी ठेस से सपने देखना बंद मत कीजिए। व्यर्थ आंसुओं के मोती मत लुटाओ क्योंकि 'कुछ सपनों के मर जाने से जीवन नही मरा करता है।' उन्होंने लिखा, **'सुख सहचर ही नही, लुटेरा भी होता है, खुशियों में गम का बसेरा भी होता है। इसलिए अपनी किस्मत की स्याही को कोसने वालो सुनो, चांद के साथ अंधेरा भी हुआ करता है।'**

अक्सर ऐसा भी हुआ कि कोशिशों के बावजूद सुख ने दरवाजे बंद किए और दुख ने दरवाजे खोल दिए। पर सच्चा कवि वही है जो दुख का भी वैसा ही स्वागत करता है जैसे सुख का। दुख सबको मांजता है। दुख ने सिद्धार्थ को बुद्ध बना दिया, एक जुलाहे को कवि बना दिया। एक लुटेरे का वाल्मीकि बना दिया। दुख साहस की परीक्षा लेता है। दुख की लपटों में जल कर ही व्यक्ति कुंदन बनता है। तभी कुंवर नारायण जैसे आधुनिक कवि ने भी

यही कहा : **'कोई दुख मनुष्य के साहस से बड़ा नहीं। वही हारा जो लड़ा नहीं।'** वे जानते थे भावुकता की इस दुनिया में रत्ती भर भी कीमत नही है। फिर भी यह दुनिया प्रेम में पगी रहे इसके लिए वे प्रतिश्रुत रहे :

इतना दानी नही समय जो
हर गमले में फूल खिला दे
इतनी भावुक नहीं जिंदगी
हर खत का उत्तर भिजवा दे
मिलना अपना सरल नही है
फिर भी यह सोचा करता हूं
गर न आदमी प्यार करेगा
जाने भुवन कहां पर होगा।

वे सूनी–सूनी सी अरण्य–ज़िंदगियों में जीवन का संगीत घोलने की प्रेरणा देते रहे। **'जब सूना–सूना लगे तुम्हें जीवन अपना। तुम मुझे बुलाना मैं गुंजन बन आऊँगा। लेकिन जिस दिन पथ पर सपनों की उड़े धूल। तुम मुझे बुलाना–मैं चंदन बन आऊँगा।'** यह है एक कवि का कौल । वह स्वप्नों में खोया हुआ भले रहता है पर उसे जीवन के संवलाए यथार्थ की खबर न हो ऐसा नही होता। तमाम छायावादी रुपकों, उत्प्रेक्षाओं, उपमानों के बावजूद नीरज ने यथार्थ के गीत भी लिखे हैं, अपने समय के प्रत्याघातों को गजलों गीतिकाओं में पिरोया है। जीवन को कुछ सुभाषित दिए हैं तो उसकी कड़वी सचाइयां भी शब्दों में उकेरी हैं। वे भूल नही करते कि भारतमाता राजप्रासादों में पलने वाली दुहिताओं में नहीं, किसी निर्धन की बेटी में बसती है। यानी भारत गरीबों का देश है। गरीबों और गुरबत को हिकारत की नजर से देखने वालों को भारत मां की छवि नहीं दिख सकती। वे राष्ट्रभक्त हो सकते हैं राष्ट्र प्रेमी नहीं। कवि इसी गुरबत का गायक होता है। वह सफरिंग को शब्द देता है। पीड़ा को कविता की अस्थिगमज्जात में गूँथता है। तभी एक कवि यह कौल उठाता है कि : **'न गंगाजल न हलाहल न कोई और ही जल हो। किसी लाचार आंसू को हमारे भाल पर लिखना।'** नीरज आशा और उजास के गायक हैं। वे आंसुओं से गीली आंखों की कोरों को पहचानते हैं तभी शायद वे मनुष्य को इस आश्वस्ति से

भरना भी चाहते हैं कि जहां दुख है वहीं कहीं सुख की पुलक भी है। चक्रवत्परिवर्तन्त सुखानि च दुखानि च। उनका यह कथन जीवन–शाश्वत की एक पुनराभिव्यजक्ति है:

सूनी सूनी सांस की सितार पर
गीले गीले आंसुओं के तार पर
एक गीत सुन रही है जिन्दगी
एक गीत गा रही है जिन्दगी।

नीरज को विपुल काव्यसृजन के लिए लोकप्रियता तो अपार मिली, मान सम्मान, पुरस्कार सब मिले, पर वह यश नहीं मिला जो मुख्यधारा के कवियों को मिलता है। जो यश अज्ञेय के खाते में है, नागार्जुन, शमशेर, कुंवर नारायण, केदारनाथ सिंह के खाते में है उससे वे वंचित ही रहे। आलोचकों की दुनिया गीत और कविता में बँटवारा कर चलती रही और नीरज से सदैव विमुख रही। पर नीरज अपने प्रशंसकों की सांसों में बसते रहे। कविता की दुनिया से जुड़ने वाला हर प्राणी जिसने नीरज के गीत रुबाइयां, गीतिकाएं, दोहे पढे हैं, जिसने उनके कुछ फिल्मी गीतों को सुना और सराहा है वह उनका मुरीद है। नीरज कतई सत्ता के अनुगायक नहीं हैं। किसी राजनीतिक बोध के साथ उन्होंने काव्यरचना नहीं की। सत्ताएं उनकी प्रशंसक हों, यह और बात है। पर जिस अर्थ में हमने नागार्जुन, केदारनाथ अग्रवाल, महादेवी वर्मा और प्रसाद के काव्य को सराहा है, उस अर्थ में नीरज और बच्चन को क्यों नहीं मान्यता मिली। बच्चन को हालावादी कवि के रूप में समेट दिया गया तो नीरज को सूफियाना कवि के रूप में। आज जब एक गीतकार गायक को नोबुल पुरस्काकर से नवाजा गया है तब दुनिया की निगाह लिरिक्सि पर गयी है। क्या हमारे समय में यह संभव है कि महज दो तीन सौ प्रतियों के संस्करणों के कवियों के बरकस कंठ कंठ में बिराजने वाले नीरज, बच्चंन जैसे कवियों को भी वह दर्जा मिले जिसके वे सर्वथा पात्र हैं। जरूरत है आलोचना की रूढ़ कसौटियों को बदलने की तभी सरस्वती के इस वरदपुत्र को न्याय मिल सकेगा।

गीत, प्रेम और नीरज

डॉ0 अशोक अंजुम

यों गीत को परिभाषित करना दुष्कर है तथापि मैंने कभी एक गीत लिखा था–

गीत क्या है?
रोशनी का घट,
या कि डोरी पर थिरकता नट।
सतय का उद्घोष है, ये
है शिवम ये सुन्दरम
पीर जब पलती ह्रदय में
गीत तब लेता जनम।

सत्य, शिव, सुन्दर जहाँ गीत को गढ़ते हैं, वहीं दर्द उसकी आत्मा है। ये दर्द कई रूपों में अभिव्यक्त हो सकता है – व्याख्यायित करने की आवश्यकता शायद नहीं है। और गीत, गीत–तो जन्म से मृत्यु तक हमारे चहुँ ओर व्यवस्थित रहता है। गीत–जिसका मनुष्य को मनुष्य बनाये रखने में खासा योगदान है। हमारे जीवन का ऐसा कौन–सा उत्सव है जो गीत के बगैर पूरा होता है? मिलन की अनुभूतियाँ हों या विरह की टीस, गीत सब कुछ अपने आप में समेट लेता है। मनुष्य के जीवन की वह कौन–सी छवि है जिसे गीत अपने कैमरे में कैद करने में समर्थ नहीं है। मनुष्य की वह कौन–सी भावना है जिसे तराशकर गीत में नहीं ढाला जा सकता। गीत जब चारणों तक पहुँचता है तो प्रशस्तियों में ढल जाता है, तो यही सचेत गीतकार की कलम से निःसृत होककर जागरण के कार्य में भी जुटता है। भक्तों के होठों पर भजन बनकर ईश्वर की वन्दना–अर्चना में जुटने वाला भी तो गीत ही है।

संस्कृत साहित्य के महान कवियों से लेकर आज तक गीत की एक समृद्ध परम्परा रही है। जयदेव के गीत गोविन्द से प्रभावित हिन्दी की गीत–परम्परा आज विभिन्न सोपानों से गुजरते हुऐ कितने ही अनमोल मोती हिन्दी साहित्य को भेंट कर चुकी है। छन्द से विमुख होकर हिन्दी कविता ने

गीत की देह पर भरसक खरोंच लगाने का प्रयास किया किंतु गीत सीना ताने आज भी खड़ा है और रहती दुनिया तक रसवर्षण करता रहेगा। 'गीत' निश्चित रूप से साहित्य की वह विधा है जिसने जनमानस को सर्वाधिक प्रभावित किया है। गीत के सिंहासन को कोई हिला नहीं सकता। गीत–शाश्वत है, अजर, अमर है।

'नीरज' और 'गीत', 'गीत' और 'नीरज' आज दोनों जैसे एक–दूसरे के पर्याय हो चले हैं। नीरज की धूम गली–कूचे, कस्बे, नगर, देश–विदेश कहां तक नहीं है। समाज के हर वर्ग ने नीरज के गीतों को भरपूर मान–सम्मान दिया है, प्यार लुटाया है। मेरे (अशोक अंजुम) गीत संग्रह 'एक नदी प्यासी' की भूमिका में गीत के विषय में आप कहते हैं– **'गीत भारतीय आत्मा में शताब्दियों से रचा–बसा है। यहाँ प्रकृति भी गाती है– नदियाँ, झरने, पहाड़, ऋतुएँ, पक्षी आदि सभी गीत ही गाते हैं। वेद, उपनिषद, गीता वैदकि ज्योतिष आदि सभी कुछ यहां छन्दबद्ध है। छन्दविहीन होकर कविता न तो यहां रही है और न आगे रह सकेगी। मेरे विचार से गीत तो अस्तित्व का नवनीत है।'**

एक अन्य स्थान पर श्री नीरज जी ने गीत के विषय में कहा है, **''गद्य जहाँ असमर्थ है, वहाँ कविता जन्म लेती है और जहाँ कविता भी लाचार है, वहाँ गीत आता है'' (प्राण गीत)**

गीतकार श्री नीरज की लोकप्रियता का आकलन कर पाना तो प्रायः संभव नहीं, तथापि समकालीन हिन्दी कविता के व्यापक परिदृश्य पर दृष्टि डालें तो नीरज प्रथम पंक्ति में दिखाई देते हैं। जहाँ तक कवि सम्मेलनों में श्री नीरज की उपस्थिति की बात है, तो दूर–दूर तक उनके कद का कवि नजर नहीं आता। नीरज की उपस्थिति आयोजन की सफलता की गारंटी होती है। लोग मीलों का सफर तय करके आज भी 'नीरज' को सुनने पहुंचते हैं जबकि उम्र के इस पड़ाव पर अब उनकी आवाज में वो पहले जैसी खनक नहीं रही। अपनी लोकप्रियता के विषय में नीरज जी अपने गीत संग्रह **'दर्द दिया है'** की भूमिका में स्वयं लिखते हैं –

''मैंने कविताओं की अपेक्षा गीत अधिक लिखे हैं, और मेरे

गीत लोकप्रिय भी हुए हैं–यह भी सत्य है। अधिकांश लोग उनकी लोकप्रियता का श्रेय मेरे कविता पाठ के ढंग को देते हैं। कुछ हद तक यह भी सत्य है, पर उनकी लोकप्रियता का सबसे बड़ा कारण है उनकी निर्झर–सी अबाध गति और स्वाभाविक भाषा में गुंथी हुई स्वाभाविक अनुभूति। कविता की सबसे बड़ी शक्ति उसकी गति और स्वाभाविकता ही है। जब हम स्वाभाविकता से अस्वाभाविकता की ओर जाते हैं तब गद्य रचना करते हैं ओर जब अस्वाभाविकता की ओर आते हैं, तब कविता लिखते हैं।''

कहना न होगा कि नीरज जी के गीतों की सहजता ने ही उन्हें लोकप्रियता के इस विराट बिन्दु तक पहुँचाया है। नीरज के गीतों की सहजता के कारण यहां जटिलता भी सरलता में ढलकर अपनी विभिन्न छवियों में प्रकट होती है। यहाँ बौद्धिक व्यायाम दिखाई नहीं देता बल्कि कल्पना और भावनाओं, विचारों की कल–कल करती सरिता का नाद गूँजता है। साथ ही यह प्रमुख स्वर भी –

दुनिया के घावों पर मरहम जो न बनें
उन गीतों का शोर मचाना पाप है।

यों तो नीरज जी ने अपने गीतों में जो कुछ सहेजा है उस पर अलग से कितने ही शोध किये जा सकते हैं तथापि आपके गीतों का मूल स्वर 'प्रेम' रहा है, किन्तु यह प्रेम माँसल प्रेम नहीं है इन प्रेम–गीतों में मानवता की अक्षुण्ण धारा प्रवाहित है। क्योंकि श्री नीरज जी का मानना है –

आदमी को आदमी बनाने के लिए
जिन्दगी में प्यार की कहानी चाहिए,
और कहने के लिए कहानी प्यार की
स्याही नहीं आँखों वाला पानी चाहिए।

वे कहते हैं, **'मेरी मान्यता है कि साहित्य के लिए मनुष्य से बड़ा और कोई दूसरा सत्य संसार में नहीं है, और उसे पा लेने में ही उसकी सार्थकता है। जो साहित्य मनुष्य के सुख–दुख का साझीदार नहीं, उससे मेरा विरोध है। मैं अपनी कविता द्वारा मनुष्य बनकर मनुष्य तक पहुँचना चाहता हूँ। वहीं मेरी यात्रा का आदि है वहीं अंत।**

रास्ते पर कहीं मेरी कविता भटक न जाए इसलिए उसके हाथ में मैंने प्रेम का एक दीपक दे दिया है। मानवीय सम्बंधों में मेरे विचार से प्रेम सर्वश्रेष्ठ सम्बन्ध है। वह एक ऐसी हृदय साधना है जो निरन्तर हमारी विकृतियों का शमन करती हुई हमें मनुष्यता के निकट ले जाती है।' (दर्द दिया है)

नीरज जी के गीतों में मनुष्यता के निकट जाने–ले जाने की यह कोशिश पग–पग पर दिखाई देती है। ऐसे गीत सभी दीवारों को गिराकर, सभी भेद–भाव मिटाकर, सबको अपनाते चलने की बात करते हैं और सब पर प्यार लुटाते चलना अपने जीवन का प्रमुख उद्देश्य मानते हैं –

इसको भी अपनाता चल
उसको भी अपनाता चल
राही हैं सब एक डगर के,
सब पर प्यार लुटाता चल!

और नीरज जी का यह आह्वान यूँ ही वायवी नहीं है। इसके लिये आप सार्थक तर्क भी देते हैं –

बिना प्यार के चले न कोई, आँधी हो या पानी हो
नई उमर की चुनर हो या कमरी फटी पुरानी हो
तपे प्रेम के लिए धरित्री, जले प्रेम के लिए दिया
कौन हृदय है, नहीं प्यार की जिसने पढ़ी कहानी हो
तट–तट रास रचाता चल, पनघट–पनघट गाता चल,
प्यासी है हर गागर, दृग का गंगाजल छलकाता चल।

नीरज जी स्वीकारते हैं – ''तो प्रेम और विशेष रूप से मानव प्रेम मेरी कविता का मूल स्वर है आदमी हूँ आदमी से प्यार करता हूँ'' यह मेरी कमजोरी भी है, शक्ति भी। कमजोरी इसलिए कि घृणा और द्वेष से भरे आज के संसार में मानव प्रेम के गीत गाना अपनी पराजय की कहानी ही कहना है, पर शक्ति इसलिए है कि मेरे इस मानव प्रेम ने ही मेरे आसपास बनी हुई धर्म–कर्म, जाति–पांति आदि की दीवारों को ढहा दिया है और वादों के भीषण झंझावत में भी मुझे पथभ्रष्ट नहीं होने दिया है।'' (दर्द दिया है)

द्रष्टव्य है –

मैं उन सबका हूँ, नहीं कोई जिनका संसार में
एक नहीं, दो नहीं हजारों साझी मेरे प्यार में

प्रेम को विद्वानों ने तरह–तरह से परिभाषित किया है। तरह–तरह से इसकी महिमा का गान सुनाई देता है। कबीर कहते हैं **''ढाई आखर प्रेम का पढ़े सो पंडित होय।''** वहीं यह भी खूब सुना जाता है कि –

ये इश्क नहीं आसां इतना तो समझ लीजै,
इक आग का दरिया है और डूब के जाना है।

पर यह भी निश्चित है कि जो इस आग के दरिया में डूब के निकला है, वह कुंदन बन गया है। जो इस दरिया में जितना डूबा, संसार ने उसे उतना ही मान दिया। यूँ 'उजाले' के दुश्मन भी बड़ी तादाद में मिलते हैं लेकिन 'उजाले' के समर्थन में खड़े होने वालों की गिनती अधिक है। 'प्रेम' अंधेरे से उजाले की ओर का प्रवाह है। इस राह में काँटे तो हैं, पर काँटों की चुभन का सुख वहीं जाने जिसने इसे महसूस किया है। किसी ने कहा है –

जो मैं ऐसा जानती प्रीत किये दुख होय।
तो नगर ढिंढोरा पीटती प्रीत न करिया कोय।।

तो क्या प्रेम रोने–पीटने, दुख–दर्द, मरने–मिटने का ही दूसरा नाम है। नहीं! प्यार समर्पण है, त्याग है। स्वार्थ, मतलबपरस्ती का एक कतरा भी इसे बर्दाश्त नहीं। जहाँ स्वार्थ करवट लेता है वहाँ प्यार को व्यापार में ढलते देर नहीं लगती है और जहाँ तक प्यार में पीड़ा और आँसुओं की बात है, तो 'नीरज' कहते हैं –

प्यार अगर थामता न पथ में
उंगली इस बीमार उमर की
हर पीड़ा वैश्या बन जाती
हर आँसू आवारा होता

'प्राण–गीत' की भूमिका में नीरज जी के प्रेम के विषय में विचारों का परिपाक कुछ यूँ हुआ है –''जब हम अपनी दृष्टि भीतर से बाहर की ओर करते हैं, तब हम प्रेम (कामना–इच्छा) करते हैं। और तभी हम किसी आदर्श को जन्म देते हैं। जो वस्तु भीतर है उसके

लिए हमें भाग–दौड़ नहीं करनी पड़ती, किन्तु जो वस्तु बाहर है उसके लिए प्रयत्न अनिवार्य है। यद्यपि प्रेम भी एक भावना का ही नाम है, किन्तु उसका आकार बाहर होता है। वह किसी व्यक्ति, वस्तु या आदेश का रूप धारण करके ही साकार हो सकता है, वह निराकार–साकार है। यदि तनिक सूक्ष्म दृष्टि से देखिए तो पता चलेगा कि प्रेम के लिए हम स्वयं (एक) का ही भावना के माध्यम से एक और रूप रचते हैं। जो हमारा इष्ट है वस्तुतः वह 'पर' नहीं बल्कि हमारा 'स्व' ही भीतर से बाहर आकर 'पर' बन गया है, यानी हम स्वयं भीतर से बाहर आकर स्वयं को प्रेम करते हैं, निराकार! जब तुम्हें दिया आकार, स्वयं साकार हो गया।' इसीलिए मैं कहता हूँ – प्रेम भावना का सूक्ष्म बाहय प्रयत्न है – व्यष्टि और समष्टि से होकर इष्ट तक आने का मार्ग। तो प्रेम एक प्रयत्न है और प्रयत्न ही गति है। जीवन में गति है तो वह प्रेम है।''

शायद यही कारण है कि नीरज जी कहते हैं –

जितने पल है प्यार करो
हर तरह सिंगार करो
जाने कब हो कूच की तैयारी

प्रेम की राह में कभी प्रिय से मिलन है तो कभी वियोग की अथाह पीड़ा। मिलन की घड़ियाँ बड़े सौभाग्य से प्राप्त होती है – कोई इन पलों को यूँ ही गंवाना नहीं चाहेगा। तब नीरज जी का ये कहना कितना सार्थक प्रतीत होता है –

सेज पर साधें बिछा लो
आँख में सपने सजा लो
प्यार का मौसम शुभे! हर रोज तो आता नहीं है।

नीरज जी के गीतों में माँसलता बहुत कम दृष्टिगोचर होती है, लेकिन जब इसका प्रादुर्भाव होता है तो भावनाएं अपने पूरे उफान पर होती हैं। ऐसे में शर्मो–हया के सब बंधन तोड़ देने का आह्वान होता है –

आज तो मुझसे न शरमाओ– तुम्हें मेरी कसम है।
आज बरसों बाद घायल पीर पल भर सो सकी है

आज बरसों बाद गूंगी चाह मुखरित हो सकी है
आज युग के बाद मेरी रात में दो चांद चमके
आज युग के बाद मेरी प्यास होंठ भिगो सकी है
आज चुम्बन की लगी बरसात अधरों की गली में
बीच में दीवार सी, फिर क्यों खड़ी सहमी शाम है?

और वियोग की घड़ियाँ होती हैं तो प्रिय की याद जीवन को एक नया स्वरूप, नया रंग देती है। प्राणों की तड़प, साँसों का सिसकना, और आँखों के बरसने से गीतकार नई ऊर्जा पाता है –

सुबह न आई, शाम न आई
जिस दिन तेरी याद न आई।
जिस दिन तड़पे प्राण न, उस दिन
देह लगी मिट्टी की ढेरी,
जिस दिन सिसकी सांस न, उस दिन
उम्र हो गई कुछ कम मेरी,
बरसी जिस दिन, आंख न, उस दिन
गीत न बोले, अधर न डोले
हँसी बिकाई, खुशी बिकाई
जिस दिन तेरी याद न आई।

और प्रिय से मिलन की राह में कवि अपना सर्वस्व निछावर करके भी प्रसन्नता का अनुभव करता है। अगर प्रिय से मिलन नहीं तो फिर इस पृथ्वी पर स्वर्ग भी मिल जाए– उसके कुछ मानी नहीं –

जब न तुम ही मिले राह पर तो मुझे
स्वर्ग भी गर धरा पर मिले व्यर्थ है।

कुल मिलाकर नीरज के प्रेम–गीतों का कोई सानी नहीं है। वे स्वयं कहते हैं –

आँसू जब सम्मानित होंगे, मुझको याद किया जायेगा
जहाँ प्रेम का चर्चा होगा, मेरा नाम लिया जायेगा।

प्रेम पथ का अलमस्त फकीर : नीरज

विभुश्री

अपने गीतों के संग आधी सदी से अधिक का सफर तय करने वाले नीरज ने सिर्फ युवा पीढ़ी ही नहीं बल्कि हर उम्र के लोगों को अपना मुरीद बनाने में सफलता हासिल की। एक ऐसे कविता विरोधी समय में, जब साहित्य ही नहीं आम आदमी के जीवन से भी काव्य तत्व का लोप होता जा रहा है, नीरज ने छंदबद्ध कविता को लोकप्रियता के उच्च मुकाम पर आरूढ़ किया। यहाँ इस बात से भी इंकार नहीं किया जा सकता है कि नीरज और उनके गीतों को बेशुमार लोकप्रियता दिलाने में, उनके द्वारा रचे गए फिल्मी गीतों की भी बड़ी भूमिका रही है। 1960 से बम्बई की मायानगरी में फिल्मी गीत लिखने का उनका सफर लगभग 5 वर्ष तक चला। इस दौरान उन्होंने 125–130 फिल्मी गीत लिखे। उनके लिखे गीतों की लोकप्रियता का अंदाजा इसी बात से लगाया जा सकता है कि उनके द्वारा लिखे गये फिल्मी गीतों में से अनेक गीत बेहद पसंद किए गए आज भी रेडियो, टी.वी. या रिकॉर्ड में जब कभी उनके गीतों की स्वर लहरियाँ हवा में तैरती हैं तो सुनने वाले के कदम वहीं के वहीं ठहर–से जाते हैं। वह किसी और ही दुनिया में कुछ पलों के लिए विचरण करने लगता है। यही तो है नीरज के गीतों का जादू, जो हर किसी को सम्मोहित कर देता है। उनके द्वारा लिखे गए सभी फिल्मी गीतों की चर्चा करना तो यहाँ संभव नहीं है लेकिन उनमें से कुछ पर बात अगर की जाए तो कहना होगा कि नीरज के फिल्मी गीतों का कैनवास बहुत विस्तृत और गहन अर्थों को समाहित किए हुए हैं। एक ओर जहाँ वे अपने गीतों में सीधे–सरल शब्दों के माध्यम से जीवन के बहुत गहरे दर्शन को भी सहजता से व्यक्त कर देते हैं तो वहीं दूसरी ओर सामान्य सी गतिविधियों में भी नए अर्थ तलाश लेते हैं। मिसाल के तौर पर फिल्म 'मेरा नाम जोकर' के गीत **(ऐ भाई जरा देख के चलो, आगे ही नहीं पीछे भी)** की हर पंक्ति में इंसानी जीवन की कड़वी सच्चाई और त्रासद स्थितियों का बहुत मार्मिक चित्रण देखा जा सकता है।

इसी तरह फिल्म 'नई उमर की नई फसल' के गीत **(और हम खड़े–खड़े गुबार देखते रहे, कारवां गुजर गया)** और फिल्म 'चा चा चा' के गीत **(वो हम न थे वो तुम न थे, लुटी जहां से बेवजह, पालकी बहार की)** में भी जीवन की नश्वरता और इंसान की अशक्तता को गीतों में पिरोया है। उनके गीतों में उपस्थित शब्दों से गुजरते हुए यह सहज रूप से महसूस किया जा सकता है कि ये गीत स्वरों का सायास किया गया संयोजन मात्र नहीं है बल्कि उनके पीछे, रचने वाले का दीर्घ जीवनानुभव और गहन अंतर्दृष्टि भी है। लेकिन इसके साथ ही फिल्म कहानी की मांग और मिजाज को ध्यान में रखते हुए उन्होंने कई सामान्य बोल वाले गीत भी लिखे। लेकिन कितने भी सामान्य होते हुए भी उनके गीतों के बोल कभी भी हल्के या उथले नहीं रहे। सादगी में, सरलता में भी एक गहनता और अर्थबोध हमेशा मौजूद रहता है। इस लिहाज से फिल्म 'शर्मीली' के शीर्ष गीत **(ओ मेरी, ओ– मेरी शर्मीली / आओ न, तड़पाओ न)** को याद किया जा सकता है। इसी फिल्म के एक और गीत **खिलते हैं गुल यहाँ, खिल के बिखरने को / मिलते हैं दिल यहां मिल के बिछड़ने को,** में उन्होंने अपनी गीतात्मक क्षमता का उत्कृष्ट उदाहरण प्रस्तुत किया है। जब हम बात करते हैं, उनके द्वारा लिखे गए फिल्मी प्रेम गीतों की तो लंबी–चौड़ी और बेहद लोकप्रिय गीतों की फेहरिस्त सामने आ जाती है। इसमें एक से बढ़कर एक बेहतरीन गीत नीरज की काव्य प्रतिमा को प्रमाणित करते हैं। बात चाहे मिलन के रंगों से सराबोर गीतों की हो या विरह की वेदना को सहते हृदय से निकले गीतों की, नीरज ने दोनों ही मनःस्थितियों को इतनी शिद्दत से अनुभव करते हुए उन्हें शब्दों में रूपायित किया है कि उनकी मिसाल मिलना दुर्लभ है। अपनी प्रेयसी को पाने के लिए बेचैन मन की स्थिति को बयां करते हुए रूमानियत के अंदाज में जब वे कहते हैं **'मेरा मन तेरा प्यासा / पूरी कब होगी आशा'** (फिल्म गैंबलर) तो सुनने वालों के मन में भी अपने प्यार को पाने की तड़प बढ़ी–सी महसूस होने लगती है। इसी दशा को नीरज ने और भी कई गीतों में बहुत शिद्दत से महसूस करते हुए शब्द दिए हैं – **'लिखे जो खत तुझे, वो तेरी याद में हजारों रंग के नजारे बन गये'** (कन्यादान), **'जैसे राधा ने माला जपी**

श्याम की / मैंने ओढ़ी चुनरिया तेरे नाम की' (तेरे मेरे सपने) **'एक मैंने कसम ली, एक तूने कसम ली / नहीं होंगे जुदा'** (तेरे मेरे सपने) **'आज मदहोश हुआ जाये रे मेरा मन'** (शर्मीली) जैसे कई गीत इस बात की गवाही देते हैं कि नीरज ने प्रेम को अपने मन की अतल गहराइयों में न केवल महसूस किया है बल्कि उसे जिया भी है। तभी तो वे (फिल्म– प्रेम पुजारी) प्यार को कुछ अलग ढंग से परिभाषित करते हुए कहते हैं, **'शोखियों में घोला जाएं फूलों का शबाब, उसमें फिर मिलाई जाए थोड़ी सी शराब / होगा यूँ नशा जो तैयार, वो प्यार है।'** इसी फिल्म के एक और गीत **'फूलों के दिल से, दिल की कलम से / तुझको लिखी रोज पाती।'** में भी वे प्रेम के नशे में मदहोश एक प्रेमी के दिल का हाल बहुत कोमल और संगीतमय शब्दों में बयान करते हैं। ऐसा भी कहना सही नहीं होगा कि नीरज ने केवल प्रेम के मिलन के पलों को ही प्रभावी ढंग से स्वर दिए हैं उन्होंने प्यार में टूटे–बिखरे और बेवफाई के दर्द को सहने वाले व्यक्ति की दारुण दशा को भी पूरी संजीदगी से गीतों में पिरोया है। याद कीजिए, फिल्म शर्मीली के गीत – **मेघा छाए आधी रात, बैरन बन गई निंदिया।'** फिल्म 'चा चा चा' के गीत, **'सुबह न आए, शाम न आए / ऐसी कोई रात न आए, जिस दिन तेरी याद न आए।'** या फिर फिल्म 'गैंबलर' के गीत **'दिल आज शायर है, गम आज नगमा है / सब ये गजल है सनम।'**

इतना ही नहीं नीरज ने फिल्मों के लिए लीक से हटकर कुछ ऐसे गीत भी लिखे, जिन्हें सुनकर सहज यकीन करना मुश्किल हो जाता है कि इसे भी नीरज ने लिखा होगा। जैसे **'धीरे से जाना खटियन में खटमल, धीरे से जाना।'** (छुपा रुस्तम) हाँ, लेकिन ये जरूर है चाहे जिस भी मूड के गीत नीरज ने लिखे हों लेकिन कभी भी सामान्य या अर्थहीन गीत नहीं लिखे। सहजता में समाई विशिष्टता ही नीरज के गीतों की पहचान है। वे इसीलिए इतने लोकप्रिय हुए क्योंकि उनके गीतों में लोगों को अपनी जिन्दगी और दिल की आवाज सुनाई पड़ती है। फिल्म जैसे पूर्णतः व्यवसायिक माध्यम में भी साहित्यिक तत्व को सम्मिलित करने का साहस करने वाले गीतकारों इंदीवर, गुलजार, नरेन्द्र शर्मा, भरत व्यास, साहिर लुधियानवी, कैफी आजमी,

इन्द्रजीत सिंह तुलसी के साथ नीरज का नाम भी प्रमुखता से लिया जाता है। अपनी चन्द वर्षों की मायानगरी की पारी में ही नीरज ने ऐसे अनमोल गीतों के उपहार संगीत प्रेमियों को दिए हैं, जो कभी भुलाए नहीं जा सकते हैं। बंबई में बिताए समय, फिल्म फेयर अवार्ड पाने के क्षणों और चाहने वालों के बेशुमार प्यार को याद कर आज भी झुर्रियों से भरे उनके चेहरे पर एक महीन सी मुस्कान की लहर तैर जाती है।

रू-ब-रू :

गोपाल दास 'नीरज'

ललिता कर्मचंदानी

आत्मा के सौन्दर्य का शब्द रूप है काव्य
मानव होना भाग्य है कवि होना सौभाग्य।

कवि और कविता के संबंध में ये उद्‌गार, ये भाव हैं देश के सुविख्यात कवि, गीतकार, साहित्यकार एवं दार्शनिक पद्‌म भूषण गोपाल दास 'नीरज' के। पिछले सप्ताह हिन्दी कवि सम्मेलन के मंचों की इस अजीम शख्सियत से उनके बल्केश्वर, आगरा स्थित आवास पर रू–ब–रू होने का सौभाग्य मिला। जीवन के नब्बे से अधिक वसंत देख चुके नीरज जी के जीवन का कारवां भले ही सांध्य बेला में हो, तन से वे भले ही बूढ़े हो गये हो लेकिन जब बातचीत का सिलसिला शुरू हुआ, तो लगा जैसे बीता हुआ युग जीवंत हो उठा हो। बातचीत के दौरान नीरज जी ने कविता व कवि सम्मेलनों से जुड़े कई दिलचस्प संस्मरण साझा किये। नीरज ने बताया कि उनका प्रारंभिक जीवन संघर्ष व कष्ट में बीता। वे जब मात्र छह वर्ष के थे तो पिता का साया सर से उठ गया।

गोपाल दास 'नीरज' व्यक्ति नहीं संस्था हैं– एक जीवंत किंवदंती। नीरज जी की गिनती देश के सर्वाधिक लोकप्रिय मंचीय कवियों में की जाती है। जब उन्होंने मंच पर पदार्पण किया तो मंचीय कविता में एक हलचल मच गयी और देखते ही देखते उनकी गिनती हरिवंश राय बच्चन, गोपाल सिंह नेपाली, शिव मंगल सिंह सुमन, बलवीर सिंह रंग व देवराज दिनेश जैसे लोकप्रिय कवियों में की जाने लगी। मैं यह सोचकर स्वयं को गौरवान्वित महसूस करती हूँ कि मेरे काव्य संग्रह 'लफ्जों के फरिश्ते' को आदरणीय नीरज जी का आशीर्वचन मिला।

बातचीत में नीरज जी ने अपने फिल्मी सफर के संबंध में बताया कि कवि सम्मेलनों में मिली अपार लोकप्रियता उन्हें माया नगरी मुम्बई ले पहुंची।

उन्होंनें 'नई उमर की नई फसल' फिल्म से अपने फिल्मी कॅरियर का आगाज किया। इस फिल्म में उनका लिखा गीत 'कारवाँ गुजर गया गुबार देखते रहे' बेहद लोकप्रिय हुआ और नीरज रातोंरात प्रसिद्धि के शिखर पर पहुंच गये। फिल्मों में गीत लेखन का सिलसिला मेरा नाम जोकर, प्रेम पुजारी, शर्मीली, तेरे मेरे सपने आदि फिल्मों तक चला। गीतकार प्रदीप, गोपाल सिंह नेपाली, नरेन्द्र शर्मा, भरत व्यास व इंदीवर के साथ–साथ उन्हें स्टार गीतकारों में शुमार किया जाने लगा। किन्तु बम्बई की जिन्दगी से उनका जी बहुत जल्द उचट गया और वे फिल्म नगरी को अलविदा कहकर अलीगढ़ वापस लौट आये। अपने बारे में नीरज ने बताया कि उनका एक शेर कवि सम्मेलन व मुशायरों में बेहद लोकप्रिय हुआ–

इतने बदनाम हुए हम तो इस जमाने में
लगेंगी आपको सदियाँ हमें भुलाने में।
न पीने का सलीका न पिलाने का शऊर
ऐसे भी लोग चले आये हैं मयखाने में।

नीरज मानव प्रेम के अन्यतम गायक हैं। वर्तमान समय में वे सर्वाधिक लोकप्रिय और लाड़ले कवि हैं जिन्होंने अपनी मर्मस्पर्शी काव्यानुभूति तथा सरल भाषा द्वारा हिन्दी कविता को एक नया मोड़ दिया है और बच्चन जी के बाद नयी पीढ़ी को सर्वाधिक प्रभावित किया है। आज अनेक गीतकारों के स्वर में उन्हीं की अनुगूंज है। नीरज जी ने मानव प्रेम के गीत गाये, प्रकृति प्रेम के गीत गाये, प्रेयसी को संबोधित गीत गाये, मानवता के दुख दर्द के गीत गाये, तो आध्यात्मिक व सांसारिक प्रेम के गीत भी गाये।

आज जब कवि सम्मेलनों में पहले जैसी साहित्यिक गरिमा नहीं रह गई और कविता के नाम पर फूहड़ता, अश्लीलता व चुटकुले परोसे जा रहे हैं ऐसे में नीरज जी की उपस्थिति ताजा हवा के झोंके के समान है। आज भी हर वर्ग का श्रोता उन्हें सुनने आता है, उन्हें जी भरकर देखना चाहता है ताकि वह अपने संस्मरण में, अपनी बातों में यह वाक्यांश जोड़ सके कि उसने नीरज जी को देखा है, उनसे मिला है। आज के बाद मैं भी यह कहकर इठला सकती हूँ कि मैं हिन्दी कविता के शलाका पुरुष नीरज जी से मिली हूँ।

नीरज जी से बातचीत में दो घंटे का समय कब बीत गया पता ही नहीं चला। बीच–बीच में उनकी पुत्रवधू व मेरी मित्र वत्सला चाय नाश्ते से हमारी आवभगत करती रहीं। बातचीत में नीरज जी के बेटे अरस्तू भी हमारे साथ थे। मैं नीरज जी के लिए घर से स्पेशल ढोकला व गजक लेकर गयी थी। मेरे आग्रह पर नीरज जी द्वारा गजक व ढोकला खाना मेरे लिए बेहद प्रसन्नता वाले पल थे। मैंने नीरज जी के आग्रह पर उनके लिखे कुछ नगमें गुनगुनाये जो नीरज को बहुत अच्छे लगे। उनके कहने पर मैंने अपनी कुछ कविताएं भी सुनाईं। मेरी माँ पर लिखी कविता उन्हें बेहद पसंद आई और उसको मुक्तकंठ से सराहा। हम दोनों ने मिलकर कई गीत गुनगुनाये। नीरज जी को अपने लिखे गीत इस उम्र में भी कंठस्थ हैं। अरस्तू ने बताया कि नीरज जी की याददाश्त कमाल की है। नीरज जी से मिलना, उनसे साहित्य व कविता के संबंध में बात करना, गीत सुनना व सुनाना यह सब मेरे लिए एक अविस्मरणीय अनुभव रहा। हिन्दी कविता के एक युग से मिलना मेरे लिए परीलोक में सैर के समान था। मैंने व नीरज जी ने फिल्म कन्यादान का शशि कपूर पर फिल्माया गीत 'लिखे जो खत तुझे वो तेरी याद में' भी साथ साथ गुनगुनाया।

आभार अरस्तू जी और वत्सला जी इस अवसर और मेहमान नवाजी के लिए!

'हिन्दी की वीणा' गीत-ऋषि नीरज

शैवाल सत्यार्थी

नीरज गाथा प्रारम्भ करूँ, इससे पहले एक मीठी–सी याद, मेरी यादों में तैर आई है, पचपन, साठ और शायद पैंसठ वर्ष पुरानी हो सकती है। नीरज जी ग्वालियर आए। अनेक बार पहले भी आ चुके थे। इस बार वे दक्षिण भारत होते हुए आए थे। शॉल–जैसा पतला, एक बेहद आकर्षक रंग–बिरंगा वस्त्र उनके पास देखकर मैं पूछ बैठा–'दादा, यह क्या?' वे मुस्कुराए बोले – 'यह वहाँ बनने वाली खास किस्म की दरी है। भेंट में मिली, तो मना नहीं कर पाया।'

नाश्ते के बाद मैनें अपना कैमरा उठाया। नीरज जी सावधान हुये कि यकायक मैं रूक गया। 'क्या हुआ?' उन्होंने पूछा।

'आपका कुर्ता।' मैनें कहा।

'क्या हुआ मेरे कुर्ते में?' विस्मय में थे वे।

'कुर्ते में कुछ नहीं हुआ, किन्तु यह सफेद है न, तो इसमें आपका भव्य व्यक्तित्व पूरी तरह उभर नहीं पाएगा।' अपनी झिझक को स्पष्ट किया मैनें।

'ओह, शैवाल!' कुछ हैरानी से वे बोले– 'स्वामी विवेकानन्द जी की शिकागो यात्रा और उनकी सिंह–गर्जना भूल गए क्या? तो तुम वस्त्र से मेरा व्यक्तित्व उभारना चाहते हो..... अब भाई, इस समय तो कोई रंगीन वस्त्र मेरे पास है नहीं।'

तभी, मेरी नजर उस जादुई दरी पर अटक गई.... मेरा इरादा भाँपकर, वे थोड़ा सकपकाए– 'तो तुम मुझे दरी ओढ़ाना चाहते हो, चलो ओढ़ा दो,' फिर तुरंत ही बोले– 'इस अप्रत्याशित दुर्घटना.... नीचे बिछने वाली दरी ओढ़नी किसी दुर्घटना से कम है क्या, साक्षी रूप में तुम भी खड़े हो जाओ साथ में फोटो सोम जी (ठाकुर) खींच देंगे।'

बिना एक क्षण का विलम्ब किए, हिन्दी के उस किंवदंती–पुरूष को मैनें दरी ओढ़ा दी और स्वयं भी खड़ा हो गया। फोटो खिंच गया.... 'आज

तुमने मेरा व्यक्तित्व उभार ही दिया, शैवाल!' चिर–परिचित मुक्त परिहास किया उन्होंने।

गीत–ऋषि नीरज जी के विषय में अनेक बातें कही गई हैं, कुछ विरोधाभासी भी – 'उनका काव्यमय व्यक्तित्व सर्वाधिक विवादास्पद रहा है। जन–समाज की दृष्टि में वह मानव–प्रेम के अन्यतम गायक हैं। भदन्त आनन्द कौसल्यायन के शब्दों में–उनमें हिन्दी का 'अश्वघोष' बनने की क्षमता है। राष्ट्र कवि दिनकर जी के कथनानुसार वे 'हिन्दी की वीणा' हैं। अन्य भाषा–भाषियों के विचार से, वे 'संत कवि' हैं और कुछ आलोचकों के मत से वे 'निराश मृत्युवादी' हैं। कुछ भी हो, यह निर्विवाद सत्य है कि वर्तमान समय में वे सर्वाधिक लोकप्रिय और लाड़ले कवि हैं और उन्होंने अपनी मर्मस्पर्शी काव्यानुभूति तथा सहज सरल भाषा द्वारा हिन्दी कविता को एक नया मोड़ दिया है और बच्चन जी के बाद कवियों की नई पीढ़ी को सर्वाधिक प्रभावित किया है।'

मेरा सौभाग्य है कि मुझे उनका अपार स्नेह तथा मार्गदर्शन प्राप्त हुआ है। मेरी पोटली उनके अनगिनत पत्रों से समृद्ध है। समय–समय पर मैनें उनसे, उनके व्यक्तित्व तथा कृतित्व पर, प्रश्न किए हैं। उन्होंने उनका अत्यंत समाधानपूर्ण उत्तर दिया है। सबसे पहले उनके बचपन, प्रारंभिक जीवन के विषय में जानना चाहा।

'.....बात यह है, शैवाल जब मैनें बचपन की गोद में आँखें, खोलीं, तब विधवा माँ के आँसुओं से भीगे आँचल की छाया मेरे सिर पर थी और खेलने के लिए एक लम्बा–चौड़ा अभावों का आँगन मेरे पाँवों के नीचे था, इर्द–गिर्द भूख और गरीबी खड़ी थी.... सामने एक चोटी, सूली–सी सीधी–सपाट चोटी थी–वह चोटी, जिसे ज़िन्दगी कहते हैं। जितने छोटे और कमजोर मेरे पाँव थे, उतनी ही बड़ी और कठिन यह चढ़ाई थी लेकिन मुझे इस पर चढ़ना ही था..... नहीं चढ़ता तो खुद ही नहीं मिट जाता, बल्कि मेरे दो छोटे और जो भाई मेरे पीछे थे, वे भी टूट–फूट जाते। इसलिए एक दिन, अनायास ही जब मैं कवि बन गया, तब मैनें लिखा –

जानता जब तू कि कुछ भी हो तुझे बढ़ना पड़ेगा

आँधियों से भी न खुद से भी तुझे लड़ना पड़ेगा
सामने जब तक पड़ा कर्त्तव्य–पथ तब तक पथिक ओ
मौत भी आये अगर तो मौत से भिड़ना पड़ेगा
है अधिक अच्छा यही फिर पंथ पर चढ़ मुस्कराता
मुस्कराती जाए जिससे ज़िन्दगी असफल मुसाफिर
पंथ पर चलना तुझे तो मुस्कराकर चल मुसाफिर।'

बस, इन्हीं अभावों में मेरे भोले मन से अनचाहे ही कविता फूट पड़ी। किस तारीख और दिन को मैनें पहली कविता लिखी, यह तो मुझे अब याद नहीं.... पर शायद 41–42 का समय था, जब मुझे यह चेतना हुई कि मैं कवि बनने जा रहा हूँ। कैसे कवि बन गया, यह प्रश्न जरा टेढ़ा है क्योंकि जिस प्रकार ईश्वर का जन्म एक रहस्य है, कवि का जन्म भी, उसी प्रकार रहस्यमय है। जो कवि है, कलाकार है, उसके भीतर एक सृजन की आग है जो जन्म–जन्मान्तरों से, उसकी आत्मा में सुलगती रहती है। जाने किस क्षण, किसकी फूँक से वह प्रज्वलित हो उठे, यह कोई नहीं जानता। मैं भी नहीं जानता। हाँ, इतना अवश्य है कि मेरे भीतर की सृजन–ज्वाल को बाहर लाने में मेरी कठिन परिस्थितियाँ, मेरे अभावों और मेरे संघर्षों का बहुत हाथ है..... लेकिन मेरा समस्त सृजन केवल उसी के निमित्त से नहीं है। बचपन से ही एक 'सन्त–आत्मा' मेरे भीतर रही है, जिसने सदैव से ही अकेलेपन का अनुभव किया है। आज भी मेरे भीतर का वह एकाकीपन जैसे–का– तैसा है। आज भी मेरी आत्मा पुकार उठती है –

'दिन एक मिला था सिर्फ मुझे मिट्टी के बंदीखाने में
आधा जंजीरों में गुजरा, आधा जंजीर तुड़ाने में
खुद को भी जाना नहीं और जग से भी परिचय हो न सका
सूना का सूना रहा भवन, इस इतने बड़े जमाने में।'

सो, शैवाल मेरे कवि बनने का जो प्रश्न तुमने पूछा, उसका उत्तर केवल मेरी कठिन परिस्थितियाँ ही नहीं, बल्कि मेरे भीतर का एकाकीपन भी है।'

जनता की अदालत : समय से प्रश्न

'तुम्हारा दूसरा प्रश्न ज़रा टेढ़ा है' – अनुमान हुआ कि प्रश्न के

टेढ़ेपन में वे कहीं उलझ गए हैं– 'मैं भला कैसे बताऊँ कि मेरी कौन सी पंक्तियाँ अमर हैं, और कौन सी मर जाएँगी? यदि मेरे कहने से मेरी पंक्तियाँ अमर हो सकती हैं, तब तो मैं कहूँगा मेरी सारी पंक्तियाँ अमर हैं। पर मेरे भाई, तुम्हारे या मेरे कहने से न तो मेरी कोई पंक्ति अमर ही होगी और न कोई मर ही जाएगी। सबसे बड़ा समीक्षक समय है और सबसे बड़ी राय जनता की राय है। जनता जितना मुझे अपना लेगी, उतना मैं जीवित रह जाऊँगा–जितना छोड़ देगी, उतना मर जाऊँगा। इसलिए मेरी राय का कोई मूल्य नहीं है..... यह सवाल जनता की अदालत में खड़े होकर, शैवाल तुम समय से करना और हाँ, मेरी कौन सी कविता सबसे पहले पत्रों में छपी? मुझे ठीक से याद नहीं पर शायद 'विद्रोही' है यह कविता 1943 में लिखी गई थी और उस समय बहुत लोकप्रिय भी हुई थी।

मेरी कविता का शीर्षक : केवल मनुष्य

जैसा कि तुमने पूछा है सो, वादों में मेरी आस्था नहीं है। क्योंकि वाद–विवाद यानी विच्छेद को जन्म देना और साहित्य 'हित और सत्य के सहित' होने के कारण संवाद है, और उसका ध्येय जीवन को पाना है। वाद बदलते रहते हैं, नए आते, पुराने जाते हैं। अभी, मेरे देखते–देखते रहस्यवाद से लेकर प्रयोगवाद तक जाने कितने वाद आए और चले गए, पर जीवन न बदलता है और न नया या पुराना होता है। वह नया होकर भी सदा पुराना है और पुराना होकर भी सदा नवीन है। इसीलिए वह साहित्य जो जीवन की परिक्रमा करता है, कभी पुराना नहीं होता। लेकिन वह कविता, जो जीवन को छोड़कर, वादों के पीछे दौड़ती है थोड़े दिनों में ही, अपनी शवयात्रा देख लेती है।

मेरे निकट समस्त वादों से ऊपर जीवन यानी मनुष्य है, मैं उसी को, और उसी के लिए लिख रहा हूँ। मृत्यु भी जीवन से अलग नहीं है, उसी की एक पाठ्यशाला है। इसलिए उस पर भी मैनें लिखा है और लोगों ने मेरी कृतियों का अध्ययन किए बिना ही मेरी दो–चार मृत्यु संबंधी कविताएँ, कवि–सम्मेलनों में सुनकर मुझे 'मृत्युवादी' की संज्ञा दे डाली है। वादी तो मैं बिल्कुल नहीं। मेरी कविता का शीर्षक केवल 'मनुष्य' है और उसकी पहली

और अंतिम पंक्ति 'प्रेम' है। यदि मेरे नाम के साथ 'वादी का विशेषण' जोड़े बिना तुम्हें शैवाल, अच्छा नहीं लगता है तो तुम मुझे 'मानववादी' कह सकते हो। रहस्यवाद, छायावाद, प्रगतिवाद, प्रयोगवाद के रूप में जितने भी मतवाद हैं वे सब कविता के रास्ते की उलझनें हैं और इनसे मुक्त हुए बिना महान साहित्य सृजन संभव नहीं है। ये वाद ही हैं, जिनके कारण हिन्दी में 'टैगोर' का जन्म नहीं हो पा रहा है..... और यदि यही हालत रही तो दूसरा 'निराला' भी हिन्दी को नहीं मिलेगा। कारण यह है कि वादों के मोहजाल में फँसकर, आज का कवि वादों की प्रतिष्ठा के लिए ही लिखता है–साहित्य की प्रतिष्ठा के लिए नहीं और फिर यह हालत हो जाती है कि साहित्य के रंगमंच पर 'मल्लयुद्ध' शुरू होने लगता है। आज हिन्दी के विभिन्न प्रतिष्ठित पत्रों में, जो आए दिन हम ये गाली–गलौज सुनते और पढ़ते हैं–वह सब इन्हीं वादों का पुण्य–प्रताप है।

सृजन का आत्मीय क्षण : और समाधिस्थ योगी

'चाहे वह शांति सम्बन्धी कविता हो या प्रेम संबंधी, मुझे उसके लिखने के लिए किसी विशेष परिस्थिति की आवश्यकता नहीं। संसार की जो भी घटना मेरे हृदय को स्पर्श कर जाती है, वह स्वतः ही कविता बनकर, होठों से फूट पड़ती है। लिखने का मेरा कोई एक समय नहीं है। जब भी भीतर से आग्रह होता है, तभी लिख लेता हूँ। घर–बाहर कहीं भी, कविता लिखने में मुझे कोई अड़चन नहीं होती–लेकिन यह अवश्य कि रात्रि के एकांत में कविता मेरी चारपाई के इर्दगिर्द अक्सर ही घूमती रहती है। लिखते समय, सृजन के क्षण में मेरी स्थिति एक समाधिस्थ–योगी के समान हो जाती है। बाहर से जैसे मैं बिल्कुल छूट जाता हूँ। उस समय मेरी चेतना इतनी अन्तर्मुखी हो जाती है कि मेरे सामने बैठा व्यक्ति भी मुझे दिखाई नहीं देता और कान के पास होता तो कोलाहल भी सुनाई नहीं देता।'

कवि चेतना की सहज समाधि

'हाँ, यह सच है मुझे किसी भी विचार को भाव दशा तक ले जाने के लिए, उस पर बार–बार मनन करना पड़ता है और एक–एक पंक्ति को तरह–तरह से लिखना पड़ता है। बात यह है कि पहले–पहल शब्द रूपी

वाणी से जो कुछ फूटता है, वह विचार रूप होता है। उसका भाव में अनुवाद करने के लिए, कवि को अपने सम्पूर्ण व्यक्तित्व को विचार बिन्दु में डुबाना पड़ता है और यह क्रिया एक सतत आत्म मंथन के उपरांत ही हो पाती है। इसीलिए एक–एक पंक्ति में मुझे बार–बार डूबना पड़ता है, लेकिन जैसा तुम समझते हो, शैवाल यह प्रक्रिया हृदय और मस्तिष्क का परिश्रम नहीं है–कवि की चेतना की सहज समाधि है। कविता प्रयत्न से नहीं, अकल से आती है।'

अनकहा कुछ : अभी भी अनकहा

'सच बात तो यह है, शैवाल आज तक मुझे अपनी किसी रचना से पूर्ण संतोष नहीं हुआ। कारण प्रत्येक रचना के बाद मुझे यही लगता रहा कि कुछ कहने से रह गया और यह जो 'अनकहा कुछ' है वह अनकहा ही रह गया–अभी तक भी मुझसे कहा नहीं गया है। इसलिए मुझे आज तक अपनी प्रत्येक रचना से संतोष कम, असंतोष अधिक रहा।'

बच्चन जी का प्रभाव : फिर अलग रास्ता

अपने कवि के किशोर–काल में, कविता लिखने की प्रेरणा मुझे बच्चन जी की कृति 'निशा निमंत्रण' से मिली। उनका प्रभाव मुझ पर दो–तीन साल लगभग रहा। उसके उपरांत मैने अपना रास्ता अलग बनाया और अब मैं अपने बनाए उसी रास्ते पर चल रहा हूँ।

मेरी पसंद के कवि

'मुझे तीन कवि विशेष रूप से पसन्द हैं–टैगोर, खलील जिब्रान, अरविन्द। मैं इन तीनों को बीसवीं शताब्दी के महान सृष्टाओं में से मानता हूँ। प्राचीन में मुझे सबसे अधिक पसंद है–सूर, तुलसी, कबीर और जायसी। आधुनिक युग के कवियों में मेरी पूरी पसंद का, कोई भी कवि नहीं है, (मैं बीच में ही टोक बैठा–'दादा, ऐसा कहने का साहस केवल उन्हीं में हो सकता है, जिसे यह समूचा युग 'नीरज' नाम से पहचानता है') वे मुस्कराये, बोले – हाँ, अंशों में मेरी पसंद–प्रसाद, पंत और बच्चन पर टिकती है। लेकिन इधर की कविताएँ न तो पंत जी की ही पसंद हैं और न बच्चन जी की। दिनकर जी अलबत्ता अपवाद हैं। अन्य भारतीय भाषा के कवियों में वल्लातोल, सुन्दरम, अमृता प्रीतम, जिगर मुरादाबादी और सरदार जाफरी बहुत पसंद हैं।'

भविष्य? : एक महाकाव्य की इच्छा

'भविष्य के लिए कार्यक्रम तो मेरे पास बहुत से थे, लेकिन दिन–दिन क्षीण होता स्वास्थ्य उसमें व्यतिक्रम उपस्थित करता रहता है। श्रम और प्रेम की प्रतिष्ठा करने वाले एवं वर्तमान युग के समस्त जीवन को चित्रित करने वाले एक 'महाकाव्य' लिखने की मेरी बड़ी इच्छा थी.... देखो, कब अवकाश मिलता है। काव्य चाहे छोटा हो या बड़ा, यदि व्यक्ति और समाज के लिए कोई उदात्त संदेश देता है तो वह अवश्य ही उपयोगी सिद्ध होगा और सदा–सदा ही पढ़ा जायेगा।'

मेरी रूचियाँ, भोजन, अविस्मरणीय घटना

साहित्य के अतिरिक्त मेरी रुचि संगीत और चित्रकला में है। भोजन मुझे सादा पसंद है और मेरी दिनचर्या, दिन–भर पढ़ते–पढ़ाते और लिखते रहना है। रही जीवन की अविस्मरणीय घटनाएँ, सो शैवाल। बहुत सी हैं। फुर्सत से कभी सुनाऊँगा।

उनके 'फुर्सत' शब्द पर यकायक मुझे बहुत जोर से हँसी आई....

'क्या हुआ, हँसी की इसमें क्या बात है?' आश्चर्य से उन्होनें पूछा।

'फुर्सत तो कभी मिलनी नहीं.... गालिब का कहा याद आ रहा है,' बीच में ही नीरज जी पूछ बैठे– 'क्या कहा गालिब ने?' मैने बताया–

"रौ में है रख्शे–उम्र कहाँ देखिए थमे
न हाथ बाग पर है, न पाव है रकाब में'

बस, फिर मैं और वे साथ–साथ हँसे और देर तक हँसते रहे.....

कवि–सम्मेलन : उनका सस्तापन

कवि–सम्मेलनों की बहुतायत और सस्तेपन से मैं चिंतित हूँ। उनका स्वरूप अब छोटी–छोटी गोष्ठियों का हो जाना चाहिए। फिर भी यदि कवि–सम्मेलनों का ही रखना है, तो उसमें कवियों के चुनाव और श्रोताओं के प्रवेश पर पर्याप्त नियंत्रण होना चाहिए।

कला : पैसे के लिए वेश्या

साहित्यकार जो बिक गया है, उसका प्रभाव निश्चित रूप से, उसके साहित्य पर पड़ेगा.... पड़ेगा क्या, पड़ रहा है– और वह यहाँ तक पड़ रहा है कि आचार्य शांतिप्रिय द्विवेदी के शब्दों में, मैं भी यही कहूँगा कि प्रत्येक कला पैसे के लिए आज वेश्या बन गई है।

मनुष्य : सबसे बड़ा सत्य

जीवन, साहित्य और समाज के प्रति अपना दृष्टिकोण स्पष्ट करने के लिए, एक लंबी विवेचना तथा व्यवस्था की आवश्यकता है किन्तु शैवाल, संक्षेप में यदि तुम जानना चाहो और उससे संतुष्ट हो सको, तो मैं कहूंगा कि जीव के मोक्ष का जो रास्ता है, उसका नाम जीवन है। अहं के मोक्ष का जो राजपथ है, उसका नाम साहित्य है और व्यक्ति के मोक्ष का जो चौराहा है, उसका नाम समाज है। जीवन, साहित्य और समाज कोई भी अपने में स्वयं लक्ष्य नहीं है बल्कि एक व्यापक एवं विराट् समष्टिगत सत्य तथा सौंदर्य को चरितार्थ करने के माध्यम हैं, साधनाएँ हैं। इनमें से किसी एक का भी स्वयं में लक्ष्य बन के रह जाना, सीमित हो जाना है और व्यक्ति में निहित अनेक संभावनाओं के समग्र विकास को अवरूद्ध कर देना है। इसीलिए अपनी कविताओं में मेरी दृष्टि सदैव 'मनुष्य' पर ही रही है, क्योंकि उसे छोड़कर–उससे बड़ा दूसरा और 'सत्य' मेरे सामने नहीं है और उसे पा लेने में ही मैं साहित्य, जीवन तथा समाज की सार्थकता मानता हूँ।

'बस या कोई और प्रश्न?' नीरज जी मुस्कराए।

'नहीं, अब कोई प्रश्न नहीं–केवल यह चित्र और इस पर आपके हस्ताक्षर' हिन्दी की प्रसिद्धमासिक पत्रिका 'वीणा' (इंदौर) के मुखपृष्ठ पर छपा उनका वह मोहक चित्र, उनकी ओर मैने बढ़ा दिया.... 'अपने छोटे भाई शैवाल को सस्नेह एवं शुभकामनाओं सहित' – नीरज। अंकित कर उन्होंने उसे चिर–स्मरणीय बना दिया।

सुख के साथी मिले हजारों लेकिन दुःख में साथ निभाने वाला नहीं मिला

सफलता 'सरोज'

प्रेम देवताओं का वरदान है, प्रकृति का उपहार है। इसकी रीति–प्रीति–प्रतीति अनुपम है। मानव मन में जितनी भी वृत्तियां हैं उनमें अत्यन्त गूढ़ वृत्ति है रागात्मिका वृत्ति। इस वृत्ति के द्वारा हम अपना नाता बाहरी जगत से जोड़ते हैं। यहाँ नाता जोड़ना और कुछ नहीं अपनी ही आत्मा को विश्व व्यापक बनाने का अभ्यास और उद्योग है। यही वह तलाश है जो सत्यं शिवं से जुड़ी है। इसीलिए विरोधों के बावजूद भी जीत हमेशा प्रेम की हुई, अमृतत्व केवल प्रेम के हिस्से ही आया। आज जो समाज में हिंसा अत्याचार, अनाचार, मानवीय मूल्यों का पतन दिखाई दे रहा है इसके पीछे इसी प्रेम का अभाव है। लेकिन इतिहास साक्षी है कि जब–जब संसार नफरतों के बारूद में बैठा है तब–तब कोई न कोई प्रेम का मसीहा बनकर जरूर अवतरित हुआ फिर चाहे वो राम, कृष्ण, ईसा हो या शून्य से शिखर तक का एक प्रखर यात्री **गोपालदास नीरज** ही। दिलों को दिलों से जोड़ने की अद्‌भुत क्षमता रखने वाले नीरज मानवता का शंखनाद फूंकते ये कहते नज़र आते हैं–

जातिपाति से बड़ा धर्म है
धर्मपान से बड़ा कर्म है
कर्मकांड से बड़ा मर्म है
मगर सभी से बड़ा यहाँ छोटा सा इंसान है
और अगर वह प्यार करे तो धरती स्वर्ग समान है।

(नीरज रचनावली)

नीरज का सम्पूर्ण जीवन ही प्रेममय है। जड़ से चेतन तक सभी को उन्होंने अपने दिल में जगह दी, प्यार दिया, पनाह दी। यही वो कारण था जिसने गीतों के इस अभिमान के, जिसका निर्माण ही विषय संघर्षपूर्ण विजयनी शक्ति से निर्मित होकर विकसित हुआ था; लाखों करोड़ों के दिलों का राजा बना दिया। दिल की मरूभूमि पर एकछत्र राज्य करने वाले इस

सम्राट ने प्रेम करना ही नहीं सीखा प्रेम देना भी सीखा। इनके गीतों की स्वर लहरियों में आबद्ध सारा जग ही मानो प्रेममय हो गया हो। इतना ही नहीं शायद आपको आश्चर्य होगा कितनों ने गीतों को पढ़कर प्रेम करना सीखा, भावनाओं के इस महल को विश्वास की नींव पर संवेदनाओं की ईंटों से मजबूत किया। भक्ति व शक्ति की इस प्राचीर को कोई ढहा न दे इसलिए नीरज हमेशा अपने गीतों के माध्यम से यही कहते आये –

तुम डरो न प्यार करो
प्यार तो सदा ही पवित्र है
प्रेम है कि वासना बंधी पड़ी
प्रेम है कि आँख में शर्म जड़ी
प्रेम है कि सभ्यता बड़ी खड़ी
प्रेम बिन मनुष्य दुश्चरित्र है। (प्राणगीत)

प्रेम के बिना जीवन को निःस्सार मानने वाले नीरज का एक गीत **'सुख के साथी मिले हजारों लेकिन दुःख में साथ निभाने वाला नहीं मिला'** मेरे दिल के बहुत करीब है। कारण जो भी हो लेकिन जितनी बार इस गीत को पढ़ती हूँ उतनी ही बार नीरज के दर्द को उतनी ही शिद्दत से महसूस करती हूँ। प्यार, तकरार, धोखे से सभी ने उनका दोहन किया, सभी ने छला। हाँ ये अलग बात है कि इस छल में भी खुद की विजय मानते आये हैं वो। ये उनके प्रति कोई पक्षपातपूर्ण दृष्टिकोण नहीं बल्कि यही उनके जीवन की अमिट सच्चाई है। पर इन बातों से परे एक सच्चाई और भी है कि यह व्यक्ति मेरी नजर में दर्द की लम्बी खामोशी ओढ़े स्वयं में एक खण्डरनुमा मन्दिर है और उसकी आवाज मन्दिर में टंगे पवित्र घंटे के समान है जिसकी स्वर लहरियाँ असीम ऊर्जा, आनन्द, उल्लास की पर्यस्विनी के सम्पूर्ण वेग के साथ मेरी अन्तरात्मा में निरन्तर बहा करती है। छल–छद्म से दूर सरलता सहजता और संवेदनशीलता का पर्याय **नीरज** के भीतर की उदात्त ऊँचाइयों को समझना ही मनुष्यता को समझना है। पर अफसोस! आत्मीयता के इस संसार में सबको समेट लेने वाले इस शख्स को जीवन भर आखिर मिला क्या?

"एक दिन सोकर जागा तो मैनें देखा
मेरे चारों ओर ठगों का जमघट है
एक इधर से एक उधर से लूट रहा
छिन–छिन रीत रहा मेरा जीवन घट है
सबकी आँख लगी थी गठरी पर मेरी
और मची थी आपस में मेरा–तेरी
जितने मिले बस मन के चोर मिले
लेकिन हृदय चुराने वाला नहीं मिला।" (काव्यांजलि)

सच ही है इस मतलब परस्त दुनिया में आज तक सब उनका दोहन ही तो करते आये हैं। लेकिन शायद ही किसी ने सोचा हो जिस सामर्थ्यवान पुरूष के दर से कोई भिखारी खाली हाथ नहीं गया उसका स्वयं का जीवन कितना अभावमय है। बचपन में पैसों के अभाव, जवानी में सच्चे प्रेम का अभाव और आज....। इतने बड़े घर के कमरे की भांय–भांय करती दीवारों के बीच अकेला एक लाठी के सहारे अपने लाचार जर्जर बुढ़ापे को काटता अपनों के बीच भी अपना न होने का अभाव, नाम, शोहरत, दौलत (पद्मश्री, पद्मभूषण कुलाधिपति) सब कुछ होते हुए भी अपनी ज़िन्दगी के खालीपन और सूनेपन को भरने का अभाव, आरोपों प्रत्यारोपों के प्रहारों से आहत स्वयं को न समझ पाने से ज्यादा न समझ पाने का अभाव और उसका प्रेम का अभाव जिसका इन्तजार आज भी कवि की बूढ़ी आँखें किया करती हैं।

चाँद मेरी माँ के समान थी

आज तक मैं क्या अधिकांश लोग यही समझते आये थे कि नीरज कानपुर की रहने वाली डॉ0 चाँद कुमारी को प्यार करते थे। चाँद शब्द भी उनके गीतों में बहुत बार प्रयुक्त हुआ है। ये अतृप्त प्रेम की वो कहानी थी जिसमें **कारवां गुजर गया गुबार देखते रहे** जैसे गीतों को जन्म दिया पर मेरी सब धारणा निराधार साबित हुई जब उन्होंने बताया कि दरअसल चाँद के पति डॉ0 किशन दोनों ही मुझे बहुत प्यार करते थे। चाँद को मैं भाभी कहता था। वो उम्र में भी मुझसे बड़ी थीं। मेरे संघर्ष के दिनों में उन्होंने मेरा बड़ा साथ दिया। एक दिन डॉ0 किशन से मैनें कहा मेरे पास कोई धन या दौलत नहीं है जो आपका ऋण चुका सकूँ। आप दोनों ने मुझे जो प्यार दिया

उसके बदले मैं आपको कुछ दे नहीं सकता। लेकिन मैं अपनी किताब आपको समर्पित करना चाहता हूँ। चूंकि डॉ0 किशन अपनी पत्नी चाँद को बहुत प्यार करते थे। दोनों ने लव मैरिज भी कर रखी थी सो किशन ने कहा चाँद को समर्पित कर दो। चाँद ने अपना एक फोटो दे दिया सुन्दर तो थीं ही मैनें उनका फोटो **'विभावरी'** में छाप दिया। लोगों ने इसे गलत समझा और मेरा नाम उनके नाम के साथ जोड़ दिया। जबकि मेरा उनसे कोई इश्क–विश्क नहीं था। वो मेरे लिये मेरी माँ के समान थीं।

'कुछ सपनों के मर जाने से जीवन नहीं मरा करता है' (पहला प्यार जो कभी मिला नहीं)

फिर आगे उन्होंने बताया बहुत पहले या यूँ कहें कि सबसे पहले ज़िन्दगी में 'यशोदा' नाम की लड़की आई। उस वक्त पिता की मृत्यु के बाद माँ से दूर मैं अपने फूफा हरदयाल प्रसाद जो पेशे से वकील थे एटा में रहता था। यशोदा सीधी सादी सरल स्वभाव की संस्कारी लड़की थी। उनकी सादगी हमें भाती थी। मैं उससे शादी करना चाहता था लेकिन उनके पिता ने मेरी गरीबी के कारण इस प्रस्ताव को ठुकरा दिया और उनकी शादी किसी और से कर दी। मैं अपने अरमानों की डोली को सामने खड़ा लुटता देखता रहा पर कर भी क्या सकता था? कभी अपनी गरीबी पर रोता कभी अपनी बदनसीबी पर परन्तु **कुछ सपनों के मर जाने से जीवन नहीं मरा करता है।** जो होना था हो गया। अब वो किसी और की थी। मेरे लिए उनके बारे में सोचना भी गुनाह था। लेकिन भाग्य का खेल देखो सात आठ साल पहले मैं उरई एक प्रोग्राम में गया किसी से सुना था **यशोदा** उरई में रहती है। वो जिन्दा है भी या नहीं मैं कुछ नहीं जानता था लेकिन एक बार मैं उन्हें देखना चाहता था। काफी पूछताछ के बाद जब मैं उनके घर गया उनके घर की हालत देखकर बहुत अचरज और दुःख हुआ। न कलाईयों पर चूड़ियां न माथे पर बिन्दी और एक मैली कुचैली साड़ी...। सकुचाते हुए उन्होनें बैठने के लिए चारपाई बिछा दी। मैं स्तब्ध था। जीवन के किसी डगर में अगर वो इस हालात में मिल जाती तो शायद मैं उन्हें कभी नहीं पहचान पाता। चलते वक्त उनके बहुत मना करने के बावजूद भी मैं उनके हाथों में 5000 रुपये पकड़ा

आया। पर जानती हो वो मेरे साथ कैसे व्यवहार कर रही थी? (हँसते हुए) बिल्कुल भाई जैसा।

जिन्दगी सिसकती रही उम्र भर
(वो शख्स जिसने नीरज को गीतकार बनाया)

यूँ तो नीरज का नाम बहुत सी महिलाओं के साथ जुड़ा लेकिन बरसों से जिस नाम को उन्होंने छिपाकर रखा था वो नाम था गुजरात की प्रसिद्ध लेखिका व समाज सेविका 'कुन्दनिका कपाड़िया' का। कुछ दिन पहले अमर उजाला में कुन्दनिका कपाड़िया जी का एक छोटा सा लेख निकला। मैनें नीरज बाबा को फोन किया मैंने पूछा – कुन्दनिका कपाड़िया का लेख देखा? उन्होंने कहा हमने नहीं दिखा। 2 मिनट बाद फिर फोन आया। क्या फोटो भी निकली है? मैनें कहा, हाँ। फिर दो मिनट बाद फोन आया बाल काले हैं या सफेद हो गये हैं मेरी तरह? हमने कहा बिल्कुल आप जैसे ही।

फिर दो मिनट बाद फोन आया। मैनें कहा आप बार–बार फोन कर रहे हो हमें आपकी आवाज समझ में नहीं आती बहादुर भईया से बात करा दो। बाबा कुछ कहते रहे जिसको मैं समझ नहीं पाई। उन्होंने फिर फोन काट दिया।

फिर से फोन 10 मिनट बाद आया अरे सरोज! अखबार खरीद लिया है पर दिख नहीं रही कहाँ है? मैनें कहा–रूको अखबार लाती हूँ देखके बताऊँगी। फिर दो मिनट बाद फोन आया। मैं मनोरंजन में ढूँढ रहा हूँ क्या उसमें है? मैं हँसने लगी मैने कहा, "अभियान देखो उसमें है। मेरा इतना बोलते ही फोन कट गया।

अभी हाल ही में मेरे द्वारा सम्पादित मैत्रेयी पुष्पा जी पर केन्द्रित 'आगमन' पत्रिका के लोकार्पण के बाद मैं बाबा से मिलने अलीगढ़ गई। मैंने कुछ तस्वीरें कुन्दनिका जी की इन्टरनेट से अपने मोबाइल में डाउनलोड कर रखीं थीं बाबा को दिखाई। कुछ देर देखने के बाद कहने लगे मैं इन्हें नहीं देखना चाहता जिसने बारह साल के प्यार को एक पल में भुला दिया।

फिर थोड़ी देर बाद बोले वो जिसमें बड़ी सी बिन्दी लगाये हैं जरा वो

फोटो फिर से दिखाना मैं हंसने लगी मैंने कहा – अभी तो कह रहे थे नहीं देखूंगा...! एक याचना भरा स्वर..! और थोड़ी–थोड़ी देर में न जाने कितने याचना भरे स्वर...! चार घण्टे में उन्होंने करीब चालीस बार उस तस्वीर को देखा होगा।

वहाँ से लौटते वक्त मैं रास्ते भर यही सोचती रही, "सम्बन्ध कितने हों और कितनों से क्यों न हों पर सच्चा प्यार कभी मिटता नहीं। वो जो प्यार कभी मिटा नहीं उसी प्यार ने नीरज के गीतों को एक नया आयाम, नई सोच, नई दिशा दी। **नीरज ने विभावरी के समर्पण में लिखा है – 'मिलन की भाँति तुम बिछड़ गये। याद बनकर तुम आये और उच्चावास बनकर तुम चले गये, लेकिन मुझे विश्वास है कि एक दिन रागों के रथ पर चढ़कर तुम आओगे, और उसी दिन की प्रतीक्षा में स्मृति पथ पर गीतों की यह निधि बिखराता जा रहा हूँ।**

नीरज के अधिकांश गीत – ये प्यार न होगा कम, जब न तुम्हीं इस संसार में, मुझे न करना याद तुम्हारा, तुम्हारे बिना आरती का यह दिया, इस तरह तय हुआ सांस का यह सफर, निराकार जब तुम्हें दिया आकार, एक तेरे बिना प्राण ओ प्राण के सांस मेरी सिसकती रही उम्र भर, जिस दिन याद न आई, पाती तक न पढ़ाई, चलते–चलते शाम हो गई, मुझे तुम भूल जाना, जब सूना–सूना तुम्हें लगे जीवन अपना, आदि हजारों गीत यहां तक कि **नीरज की पाती** के अधिकांश गीत **पहले तो रोज मिला करती थीं तुम छिप–छिपकर अब है 'ये' हाल कि खत से मुलाकात नहीं, 2. आज है तेरा जन्मदिन तेरी फुलबगिया में 3. प्यार करके जो निभाना ही न था, गर तुमको जिनमें 'य', 'नी', 'क', 'औ' वर्ण के** द्वारा जिसे सम्बोधित किया गया है वो **कुन्दनिका कपाड़िया** को ही समर्पित है।

यहां तक जो राज आज तक कोई नहीं जान पाया था उस वक्त वो राज नेहरू नगर का डाकिया ही बता सकता था।

गीत मैं किसने लिए लिखता हूँ यह राज तुम्हें
डाकिया नेहरू नगर का ही बता सकता है
परदा जो मेरे आंसुओं का ढके रहता है
वह तो बस एक सितमगर ही उठा सकता है।

(कानपुर के नाम पाती)

एक ही भाव विचार एक ही सूत्र में सगुम्फित एक ही इकाई में लहराने वाला यह प्रेम जहां अन्तःकरण की ऊँची वृत्तियाँ मंजती रहीं, निखरती रहीं, और संबद्धित होती हुई उनके गीतों की शक्ति बनती रहीं। यह क्षणिक वासना का उफान मात्र न था और न ही कलुषित वासना का श्रृंगार ही। वह स्थूल और शारीरिक होकर भी भावात्मक था। हाँ इसकी उत्पत्ति भले ही शरीर से हुई हो पर भावना पूर्णरूपेण मानसिक ही थी। कुन्दन के केन्द्र में जहाँ नीरज थे नहीं नीरज की आत्मा में बसी थी सिर्फ कुन्दनिका।

जब भी आती है कभी याद मुझे तेरी तो
अपनी तस्वीर ही सीने से लगा लेता हूँ।

नीरज की अधिकांश गीतों में कृत्रिमता नहीं अनुभूति का सत्यता है, कामोद्गार मात्र नहीं अस्तित्व के बहुमूल्य आत्मिक प्रकाश कण भी हैं। केवल मांसलता नहीं, अपितु चेतना का सरस संगीत भी है जिसमें आत्मा का चैतन्य झलकता है। इसमें प्राणवान व स्फूर्तिमय भाव स्फोट भी है और उसमें परिष्कृत अस्तित्व के प्रकाशास्नात मर्मोच्छ्वास भी। जिसमें कवि का प्रगाढ़ प्रेम, निःस्वार्थ उदारता प्रेम की उच्चता से शब्दों की साधना करता दिखाई देता है।

खैर इस वक्त उनके काव्य में बिखरे सौन्दर्य को बताना मेरा अभिप्राय नहीं। जिस दिन मुझे ये मालूम हुआ कि जिस लड़की से वो बहुत प्यार करते, उसके प्रति अपने गलत व्यवहार के कारण आज भी वो बहुत शर्मिंदा हैं और पैरों में पढ़कर माफी मांगना चाहते हैं। यही उनका प्रायश्चित होगा और यही मुक्ति का आधार भी। चूंकि ये बात मैं पहले भी कर चुकी हूँ कि मेरी संवेदनाएं उनके प्रति बहुत गहरे से जुड़ी हैं। उनकी इस इच्छा की पूर्ति के लिए मैनें कुन्दन को न जाने कहाँ–कहाँ खोजा। इस यात्रा में मेरा साथ दिया **श्री विजय बहादुर सिंह** और **सोम** ने पर सफलता फिर भी हाथ नहीं लग रही थी। एक दिन नवनीत से (मुम्बई से निकलने वाली पत्रिका) मेरे लिए फोन आया कि किसी कारणवश उस दिन तो मैं फोन नहीं उठा पाई लेकिन जब दूसरे दिन फोन आया जो हिन्दी कार्यालय बन्द था। फोन गुजराती कार्यालय जा लगा। संपादक थे **'दीपक दोषी'।** पहले तो सोचा क्या बात करनी तभी कुन्दन का नाम कौंधा। मैं सोच भी नहीं सकती थी उस

दिन सचमुच मेरा विश्वास जीत गया था।

नीरज जी जब कानपुर आये तो मैनें कहा किसी से आपकी बात कराना चाहती हूँ करोगे? उन्होंने कहा किससे? मैनें कहा बताऊँगी नहीं चूंकि : मेरी ढिठाई को वो अच्छी तरह समझते थे। इसलिए उन्होनें अनमने मन से हामी भर दी मैनें जैसे ही फोन मिलाकर दिया आप यकीन नहीं करोगे जोरों से कराहता हुआ वो बीमार व्यक्ति जो कुछ देर पहले उठ बैठ नहीं पा रहा था बहुत ही फुर्ती के साथ उठ बैठा और आवाज में कराह की जगह एक ताजगी थी जोश था – कुन्दन! अरे कुन्दन! मेरी कुन्दन तुम कहां हो? कितना ढूंढा तुम्हें। अपनी कही बातों के लिए मैं तुमसे माफी मांगता हूँ माफ कर दो मुझे कुन्दन। उधर से कुन्दन की हल्की–हल्की आवाज अस्पष्ट रूप से सुनाई पड़ रही थी–आज पचास साल बाद....!!

नीरज उस दिन मुझे निरीह अबोध बच्चे की तरह बहुत ही मासूम लगे बहुत पहले मैनें उनकी एक कविता पढ़ी थी – **जिसको भी अपनाया उसकी याद संजोई मन में ऐसी, कोई सांझ सुहागिन दीवा, बाले ज्यों तुलसी पूजन में।** उस दिन लगा वो सचमुच किसी को धोखा नहीं दे सकते। किसी को भूल नहीं सकते, रिश्तों को निभाना तो कोई उनसे सीखें। आज उनके प्रति मेरी अगाध श्रद्धा भक्ति पूर्ण आस्था में बदल गयी थी। वो जितने खुश थे उनसे ज्यादा मैं खुश थी। रात भर उनका वही मासूम चेहरा मेरी आंखों के सामने नाचता रहा। कौन कहता है वो चरित्रहीन हैं अगर चरित्रहीन की यही परिभाषा है तो मैं कहती हूँ कि दुनिया का हर व्यक्ति उनके जैसा चरित्रहीन हो जाये। धरती पर मानवता तो बरकरार रहेगी।

नीरज की कुन्दन से मुलाकात 1953 में **बम्बई के नवग्रह कार्यालय** में हुई थी की वहां वो कविता पाठ करने गये थे कुन्दन भी वहां आई थी। पहली सीट पर बैठी मृत्युगीत को सुनकर बहुत रोई थी। इसका जिक्र उन्होंने **लिख–लिख भेजत पाती** में और नीरज जी ने **नीरज की पाती** में भी किया है।

तुमने लिखा है मैं शायद तुम्हें न पहचानूँ
भूल जाना मेरा परिचय को मगर याद नहीं
एक भी साँस तो ऐसी है न इस सीने में

जो किसी दर्द से आबाद या बरबाद नहीं
मुझको याद है मेरे 'मृत्युगीत' को सुनकर
कैसे घिर आई थी आँखों में तुम्हारी वह घटा
ऐसा लगता था गुलाबों की पंखुरियों पर बैठ
ओस निकली हो देखने किसी सूरज की छटा।

(कानपुर के नाम पाती के अजनबी दोस्त से)

आज तक मैं जैसा सुनती या पढ़ती आई हूँ कि प्रकृति के समस्त व्यापार चक्र की प्रगति में एक मूल शक्ति अनवरत रूप से कार्य करती है और वह है आकर्षण शक्ति। नदी सागर से मिलने क्यों जाती है, चकोर चांद को ही क्यों देखता है, लोहा चुम्बक की ओर क्यों खिंचा जाता है। नीरज को पढ़ने का अंदाज था या उनका आकर्षक व्यक्तित्व या कुछ और जो कुन्दन को निरन्तर उनकी ओर खींच रहा था। अभिमान का यही क्षय हो रहा था और आत्मसत्ता का विलीनकरण भी।

कुन्दन के नीरज के नाम कुछ खतों के अंश –

1. कवि वह कौन सी मंजिल है जहाँ हम जा रहे हैं? वह कौन सा स्वप्न है जिसे हम अपनी रातों का राजकुमार और नींद का श्रृंगार बना रहे हैं? और वह कौन सी बूँद है जिसकी प्राप्ति कामना हमारे तन, मन, प्राण पर प्यास बनकर छाई हुई है।

2. पर मुझे अनुभव हो रहा है कि हम केवल प्यार ही नहीं करते, बल्कि प्रेम के द्वारा जीवन में एक नवीन अर्थ, नवीन सत्य, नवीन सौन्दर्य, और नवीन दर्शन भी प्राप्त करते जा रहे हैं। ऐसा लग रहा है तुम मेरी आत्मा को निरन्तर उज्जवल करते जा रहे हो।

3. यह ऐसा था जैसे एक आत्मा ने दूसरी आत्मा को पहचान लिया हो मैनें तुमको प्रेम किया और अपनी किसी रिक्तता को भरने के लिए नहीं बल्कि अपनी पूर्णता को पवित्रता देने के लिए।

4. तुम मेरे लिए शक्ति सम्बल, विश्वास और प्रकाश के स्वरूप हो।

लिखि–लिखि भेजत पाती को पढ़ते वक्त मुझे ऐसा लगा इस प्रेम को महज आकर्षण का नाम देना उचित न होगा। यद्यपि आकर्षण और प्रेम सौन्दर्य के ही मौलिक और महत्वपूर्ण उपादान है पर आकर्षण होते हैं सुन्दर वस्तु के बाहरी रूप के प्रति और प्रेम का अनुभव होता है भीतरी भावना के तल

में बैठने पर या फिर इसे व्यक्तिगत प्रणय भावना के निरूपण की प्रवृत्ति का पूर्वाभास मानूं जो भी हो पर इसका पर्यवसान बाद में आध्यात्मिक प्रेम और विश्व प्रेम में जरूर परिणत हुआ।

नीरज बताते हैं कि खतों का ये सिलसिला कई वर्षों तक अनवरत यूं ही चलता रहा। आगे बताते हुए वो कहते हैं कि उनके खतों का एक बड़ा बक्सा अभी भी मेरे पास रखा है सुरक्षित। कुछ ही पत्रों का संकलन करवाया है जिनमें उच्चकोटि की दार्शनिकता है पर कुछ पत्र .....!! उन्हें मैं अपनी निजी सम्पत्ति मानता हूँ उनमें मेरे प्रेम की ऐसी खुशबू है जिन्हें सहेजकर रखना चाहता हूँ अपनी अन्तिम साँस तक। जब भी उनकी याद आती है उन खतों को सीने से लगाकर बात किया करता हूँ। जानती हो वो रोज हमें खत लिखती थी और मैं रोज उनके खतों का बेसब्री से इन्तजार करता था – **लिखे जो खत तुझे वो तेरी याद में, फूलों के रंग से दिल की कलम से तुझको लिखी रोज पाती, उन्हीं के लिए लिखा था।** प्यार अब परवान चढ़ने लगा। एक अनछुआ, अनकहा, अनदेखा अहसास मुझे बेचैन कर रहा था वो अक्सर लिखा करती थी **क्या तुम नहीं आओगे नीर....!! मैं अब आग्रह से आगे खड़ी हूँ। वहां जहां चट्टानी विश्वास है कि तुम आओगे। देर हो सकती है किन्तु हृदय की आवाज अनसुनी नहीं की जा सकती।** 1954 में हम उनसे मिलने मुम्बई गये। वहां पहली बार हमने देखा। देखने में बहुत ही साधारण सी थी पर मैं उनकी बौद्धिकता से बहुत प्रभावित था। रूप मेरे लिए नगण्य था क्योंकि मैं उनसे मानसिक रूप से बहुत जुड़ चुका था वो मुझे समुद्र दिखाने ले गयी थीं। समुद्र के किनारे रेतीली जमीन पर स्निग्ध लहरों से अठखेलियां करते लोगों की भीड़ में मैनें प्रथम बार उनके –

दो गुलाब के फूल छू गए जब से होठ अपावन मेरे
ऐसी गंध बसी है मन में सारा जग मधुबन लगता है

(नीरज के प्रेम गीत)

फिर हम अक्सर मिलने लगे, उन्होंने मुम्बई में ही एक घर ले लिया। मैं वहीं ठहरता था। यद्यपि ये प्रेम गृहस्थिक नहीं था, न ही समाज की मर्यादा थी। इस समाज को खोखली मर्यादाओं के आवरण को मैनें आज तक कभी

ओढ़ा नहीं। मेरा प्रेम मानसिक और शारीरिक दोनों था पर इस अभेदता में वासना की दुर्गन्ध नहीं आत्मसमर्पण की पराकाष्ठा थी। मैं उनके साथ कई शहरों में गया लेकिन जिस प्यार के लिए मैं दुनिया से लड़ने के लिए तैयार था उस प्यार को वो सबसे छिपाती रहती थी। शायद उनके अन्दर स्वीकारने की हिम्मत नहीं थी। मैं उसे एक रिश्ते का नाम देना चाहता था पर उन्होंने शादी के इस प्रस्ताव को यह कहकर ठुकरा दिया कि वो 'सावित्री (मेरी पत्नी) के हक को नहीं छीनना चाहती। पर न जाने ऐसी क्या बात हो गयी वो मुझे छोड़कर चुपचाप चली गयी। मैं दो साल विक्षिप्तों की तरह इधर–उधर भटकता रहा, उनको ढूँढता रहा। हर उस ट्रेन के पीछे भागता जिससे वो आती जाती थी, हर उस जगह पर खोजता जहाँ वो हमारे साथ जाती थी पर वो नहीं मिली। 12 साल मैनें उनको टूटकर बहुत चाहा और एक पल में....!! बाद में मैनें सुना उन्होंने शादी कर ली।

यदि कभी फिर हम मिले, जीवन डगर पर
मैं लिए आँसू लिए तुम हास मनहर
बोलना चाहो नहीं, तो बोलना मन
देख लेना किन्तु मेरी ओर क्षण भर
क्योंकि मेरी राह की मंजिल तुम्ही हो
और जीने का तुम्ही बहाना
भूल पाओ तो मुझे तुम भूल जाना।

(नीरज के प्रेम गीत)

नीरज जी से ये सब बातें सुनने के बाद मैं सोचती रही कुन्दनिका सचमुच इन्हें प्रेम करती थीं या ये उम्र का बहकाव था या महज आकर्षण.....? मैं यहाँ कुन्दनिका द्वारा नीरज को लिखे पत्रों के अंश दोहराती हूँ –

1. मैं पश्चाताप करना बुरा नहीं समझती।
2. अगर कभी हम मिले तो भी ऐसी स्थिति में अधिक दिनों तक साथ नहीं रह सकेंगे।
3. तुम्हें भी लौटकर जाना होगा और मुझे भी क्योंकि पथ की पुकार को अनसुना नहीं किया जा सकता।

जब मैं इस आर्टिकल को एक खूबसूरत मोड़ पर समाप्त करने वाली थी कुन्दन का मेरे पास फोन आया। वो नाराज थी नीरज से। उनका कहना

था नीरज ने उनके जिन पत्रों को सार्वजनिक (संकलन लिख–2 भेज पाती) कर दिया है अगर वो मेरे प्रति किये व्यवहार पर पश्चाताप करना चाहते हैं तो उस संकलन के नीचे लिख दें जिस लड़की से वो प्यार करते थे और जिन्होंने ये खत लिखे अब वो मर चुकी है। किन्तु नीरज ने बताया जिन पत्रों के संकलन को देखकर वो नाराज हो रही है वो बहुत पहले भी उनके सामने छपा था तब तो वो बहुत खुश हुई थी ये उसी का ही तो दूसरा संस्करण है। मेरी दूसरे दिन फिर उनसे बात हुई। चूँकि मैं उन्हें नीरज का गुनहगार मानती थी उन्होंने मुझसे कहा – मेरे बच्चे जैसी तुम्हारी आवाज लग रही है। तुम बहुत छोटी हो पता नहीं मेरी बातों को समझ सकोगी या नहीं। प्यार जीवन के लिए सब कुछ नहीं इसके अलावा भी बहुत कुछ है यथार्थ की धरती में मेरी कल्पनायें बिखर के रह गयी थी। मैं उस ज़िन्दगी को जी रही थी जिसकी कोई मंजिल नहीं थी। नीरज मेरे होकर भी मेरे नहीं थे। अगर मेरा था कुछ तो बस इन्तजार, लोगों की अन्दर तक भेदती निगाहें, और अकेलापन....!! मैं नीरज को खोना नहीं चाहती थी लेकिन जिस इन्सान को मैनें प्यार किया था नीरज वो नहीं थे! (आगे की बातों को सार्वजनिक नहीं करना चाहूंगी)। किन्तु कुन्दनिका आप ही ने कभी कहा था– "दूसरों के लिए स्वयं बलिदान करने वाली मानवीयता तुम्हारे चरित्र की एक ऐसी विशेषता है जिसके द्वारा यदि कभी मेरी कल्पना को तुमने ठेस पहुंचाई तो भी मैं अपना दुःख भूल सकूंगी। तो क्यों अपनी मौत के दो शब्दों द्वारा उनके प्राश्चयित का अंत मान रही हैं, क्यों बार–बार उन्हें खुद को भूल जाने को कहते हैं। **पर कुन्दन वो व्यक्ति कैसे आपको भूल सकता है जो गुजरा ही न हो वक्त के साथ भी।**

तुमसे लागी प्रीति बिना भाँवर, दुलहिन हो गई सुहागिन (एक दीवानी मीरा–सी)

अपने प्रेम के आलोक से नीरज के गीतों को आलोकित करने वाली जहाँ एक दीवानी राधा सी थी वहीं दूजी दीवानी मीरा सी। बिना किसी अपेक्षाओं के जिसने अपना सम्पूर्ण जीवन नीरज पर न्यौछावर कर दिया। न उन्हें नाम शोहरत की भूख थी न नीरज को पाने की ही। वो तो सिर्फ प्रेम

करना जाती थी। उनकी प्रीति हृदय के भवन में मौन का घूंघट डाले देव पूजन के समान थी।

नीरज कहते हैं कि तीन कोश होते हैं तन्मय कोश, प्राणनय कोश, मनमय कोश। प्रेम जब तक शरीर में रहता है तब तक वासना है जब मन में रहता है तो प्रेम जब इन दोनों से ऊपर उठ जाता है तो भक्ति में परिवर्तित हो जाता है। भक्ति के ऊपर आनन्द ही आनन्द फिर शरीर की कोई आवश्यकता नहीं।

इन्द्रा का प्रेम कुछ ऐसा ही था। जहां शरीर गौण था। नीरज क्या, क्यों, कितने बड़े इंसान हैं ये उनके लिए मायने नहीं रखता था अगर मायने रखता था तो वो था सिर्फ नीरज। ये प्रेम का वो उज्जवल रूप था जिसमें नीरज को किसी बन्धन में नहीं बांधा। यहां लेने के भाव से अपेक्षा देने का आदर्श अधिक झलकता था। नीरज के बिना उनका हर ख्वाब, हर खुशी अधूरी थी नीरज लिख रहे थे लेकिन नीरजा उन गीतों को जी रही थी और कह रही थी –

'जब गूँथ रहा हो चाँद रात के खुले बाल,
तब याद न करना इस कुटिया अँधियारी को,
मधु ऋतु : मधुबन में जब सिंदूर चुराती हो
बिसरा देना तब इस विधवा फुलवारी को
लेकिन आकर पतझार तुम्हें जब झकझोरें
तुम मुझे बुलाना मैं सावन हो जाऊँगी
हो मठ में जब तक गूँज शंख–घड़ियालों की
मेरी पूजा तब तक तुम ठुकराते रहना,
गीतों के गजरे से जब तक तुम सजे रहो
मेरे आँसू तब तक तुम तड़पाते रहना
ढह जाए मठ पर जब श्रृंगार बिखर जाए
तब मुझे बुलाना – मैं दर्शन बन जाऊँगी
जब सूना–सूना लगे तुम जीवन अपना
तब मुझे बुलाना मैं गुंजन बन जाऊँगी।

यूँ तो भोपाल में रहने वाली इन्द्रा नीरज के गीतों से बहुत पहले से परिचित और प्रभावित थी लेकिन उनका नीरज से प्रथम परिचय उनके घर में

हुआ। दरअसल उनके घर का एक हिस्सा किराये पर उठा था जिसमें नवभारत का ऑफिस था। नवभारत का एडिटर वहीं रहता था। पहली बार नीरज उनके साथ वहाँ आये। दूसरी बार उनके घर की काव्य गोष्ठी में नीरज से पुनः मुलाकात हुई। इन्द्रा ने जो छवि नीरज के गीतों को पढ़कर बनाई थी साक्षात् में भी उन्होनें नीरज को बिल्कुल वैसा ही पाया और यहीं से हुई एक शुरूआत.....!!

यह शुरूआत थी प्रेम के अंकुरण की, यह शुरूआत थी एक और मीरा बन जाने की, यह शुरूआत थी ऐसी कहानी की जिसकी शुरूआत तो थी पर अंत नहीं था।

इन्द्रा जानती थी नीरज को चाहने वालों की अपार भीड़ है और वह शायद इस भीड़ का महज हिस्सा मात्र हो फिर भी **जिसकी जवानी कलम, मोहब्बत, रोशनाई, ज़िन्दगी एक रूबाई थी। उस नीरज से ताउम्र प्रेम करती रही और उस एक प्रेम के लिए जो कभी मुकम्मल न हो सका। सारी उम्र तन्हा काट दी।**

नीरज जी के मित्र नरेन्द्र दीपक जी बताते हैं मैनें बहुत बार इन्द्रा को नीरज से मिलवाया। नीरज कितने ही बड़े होटल में ठहरे हों, कितने ही छप्पन प्रकार के भोजन वहाँ उपलब्ध हों, इन्द्रा उन्हें अपने हाथ का बना खाना ही खिलाती थीं। यह तैयारी नीरज के आगमन के काफी दिनों पहले से शुरू हो जाती और विराम, नीरज के जाने के पश्चात् ही होता था।

आज भी जब इन्द्रा अलीगढ़ आती है तब वो एक प्रेयसी नहीं माँ की तरह नीरज का ख्याल रखती है। क्या खाना है क्या नहीं, क्या नुकसान करेगा क्या नहीं, कब दवा लेनी है कब नहीं और हर एक पल को सदी की तरह जीने वाले नीरज उनकी बातों को चुपचाप मानते जाते हैं। उस वक्त नीरज ये नीरज न होकर संयमित नीरज बन जाते हैं। मानो शब्द और गान में सिसकने वाली उनकी वेदना साकार हो उनके घावों पर मरहम लगा रही हो और नीरज उससे यह कहना चाहते हों कि पगली ऐसा मत कर **जिसके सीने में दर्द छुपा हो दुनिया सैलाबों से बढ़कर वही हाथ मिलाता है।'**

इन्द्रा आज जबकि गिर जाने के कारण चलने में असमर्थ है फिर भी वह किसी प्रकार नीरज के पास जाना चाहती है क्योंकि उनको लगता है कि

नीरज बीमार है, उनका कोई ख्याल रखने वाला नहीं। जितनी देर मैं इन्द्रा से बात करती रही, उनके प्रेम के पावन रूप को महसूस करती रही और श्रद्धा से निरन्तर झुकती रही। मेरे कहने पर आप चिन्ता न करें, बाबा का मैं ख्याल रखूँगी। उनकी तसल्ली भरी साँसों ने मेरी साँसों में जो अमृत घोला उन साधनामयी साँसों को शब्दबद्ध कर पाना मेरे लिए मुश्किल होगा।

अपने को बेहद साधारण और नीरज को असाधारण और महान मानने वाली इन्द्रा से अपनी भावनाओं को सम्हालते हुए जब मैनें उनसे एक और प्रश्न किया – **'क्या कभी ईर्ष्या, दुख और पछतावा नहीं हुआ?'** इन्द्रा का दो टूक उत्तर – **'मैनें सिर्फ प्रेम किया है।'**

कुछ और पूछने की मेरी फिर हिम्मत नहीं हुई। फोन रखने के बाद मैं बहुत देर तक सोचती रही हाँ, प्रेम ही तो था जो चट्टान की भाँति अडिग था। जो अच्छाई और बुराई को अलग–अलग करके नहीं देख पा रहा था, उसे उसकी सम्पूर्णता के साथ चाह रहा था। सच्चा प्रेम सचमुच बहुत मजबूर होता है क्योंकि वह शिकायत तो कर सकता है पर छोड़ नहीं सकता। और फिर अंकुरण हो तो उसे खींचकर बाहर निकाला जा सकता है, पौधे को हटाकर नया पौधा लगाया जा सकता है पर जो प्रेम विशाल वृक्ष बन गया हो.. ..!! इन्द्रा का प्रेम विशाल वृक्ष ही बन चुका था जिसे बाहर निकाल फेंकना मुश्किल ही नहीं नामुमकिन था।

इन्द्रा कहती है – **इस जन्म में हम नहीं मिल पाये लेकिन अगले जन्म के लिए पहले से ही मैनें नीरज की बुकिंग कर ली है।** वहीं नीरज का कहना है – "मैं इन्द्रा के सामने खुद को बहुत बौना महसूस करता हूँ।" वह बहुत अच्छी इंसान हैं। उन्होंने मुझे बहुत प्रेम किया और मैनें उनके प्रेम को प्रेम किया लेकिन मैला नहीं किया। वह आज भी गंगा की तरह पवित्र हैं। प्रेम की एक जीती जागती मिसाल के समर्पण के समक्ष मेरा मस्तक हमेशा झुका रहा और झुकता रहेगा।

सुबह न आई, शाम न आई जिस दिन तेरी याद न आई
(सावित्री सचमुच सावित्री थी)

नीरज जी की पहली पत्नी सावित्री बेहद सीधी साधी सरल स्वभाव

की स्त्री थी। पति धर्म ही उनके लिए सर्वोच्च था। नीरज के गुरबत के दिनों में वे बराबर उनके साथ खड़ी रहीं। लेकिन जैसे–जैसे नीरज जी की प्रसिद्धि बढ़ने लगी उनकी व्यस्तता और लोगों की दीवानगी से कहीं न कहीं सशंकित रहने लगी। नीरज कहते हैं जलन स्त्रियोचित गुण हैं। मैनें उनसे बहुत बार कहा तुम मेरे, मैं तुम्हारे केन्द्र में हूँ। सबका होकर भी मैं तुम्हारा हूँ और रहूँगा। उनको छोड़ने का ख्याल तक मेरे मन में कभी नहीं आया। लेकिन वह अनेकों शिकायतें लिए अपने हिस्से की साँसें भी मेरे लिए छोड़कर चली गईं और मैं उनकी यादों और बहुत सारे पश्चातापों के साथ **जीने का आज तक अभिशाप ढो रहा हूँ।**

जिसने देखा तुम्हें, तुम्हारी ही तस्वीर बन गया

कहानी बनकर इस जमाने में जीने वाले नीरज को महिलाएँ बहुत चाहती थीं इसमें दो राय नहीं। लोग कहते हैं मेरठ की एक संभ्रात महिला नीर (परिवर्तित नाम) जो नीरज के समकालीन ही हैं, विदेश में नीरज के होने वाले प्रोग्राम में नीरज के गीतों से इतना ज्यादा प्रभावित हो गईं कि उन्होनें अपना घर–बार, लोक–लाज, पति का आँगन सब छोड़ भारत को अपना घर और नीरज को अपनी ज़िन्दगी बना लिया। उनके घर का बेडरूम हो या ड्राइंग रूम हर दीवार पर नीरज ही नीरज की तस्वीरें हैं। यहाँ तक कि – **उनके घर के मन्दिर में भी सिर्फ तस्वीर रखी है, वह है नीरज की।** मैनें देखा तो नहीं है हाँ सुना जरूर है नीर के घर में कदम रखते ही सारा वातावरण अपने आप नीरजमय हो जाता है।

ऐसा ही दूसरा किस्सा एक मुस्लिम लड़की का है। वो तो अपना घर छोड़कर रात के सन्नाटे में नीरज के घर आ पहुँचीं। वो जो कपड़े पहनकर आई उसके अलावा उनके पास पहनने के लिए और कपड़े नहीं थे न ही हाथ में एक पैसा भी। सावित्री जी ने उन्हें अपने कपड़े दिए और जब तक उसके परिवार वाले न आ जाये तब तक के लिए अपने घर में रहने की जगह दी।

ऐसे ही न जाने कितने किस्सों से नीरज जी का जीवन भरा हुआ है। उनको जिसने चाहा दिल की गहराइयों से चाहा, पागलपन तक चाहा। यहाँ तक कि प्रसिद्ध कथाकार मन्नू भण्डारी जी नीरज के गीतों से बेहद प्रभावित

थी। किन्तु बाद में उनके जीवन में राजेन्द्र यादव आये और उन्होंने राजेन्द्र जी से शादी कर ली।

जिसने चाहा दिल की गहराईयों से चाहा

यूं तो नीरज से जलने वाले, बदनाम करने वाले मौकापरस्त लोगों की कोई कमी नहीं लेकिन उन्हें जो चाहता है दिल की गहराईयों से चाहता है फिर वो चाहे महिला सशक्तिकरण की सशक्त हस्ताक्षर मैत्रेयी पुष्पा जी हों, जिन्होंने नीरज के गीतों को पढ़कर ही प्रेम करना सीखा। प्रसिद्ध ग़ज़लकार सूफी सुरेन्द्र चतुर्वेदी, ओम निश्चल, लता यादव जी आदि जो नीरज की तारीफ करते–करते कभी थकते नहीं और उन्हें अपना आदर्श ही नहीं एक युग पुरूष भी मानते हैं या इस कड़ी में सेवा की अद्‌भुत मिसाल सैमसंग, बहादुर, रामसिंह भइया, आशीष ही क्यों न हों। ऐसे न जाने कितने लोग हैं जो नीरज के गीतों को पढ़कर बड़े और बूढ़े हो गये, ऐसे न जाने कितने लोग हैं जिनकी आँखों में नीरज का नाम सुनते ही एक विशेष चमक आ जाती है, आज भी ऐसे न जाने कितने लोग हैं जो कवि सम्मेलन में सिर्फ नीरज का नाम सुनकर ही खिंचे चले आते हैं। जहाँ नीरज कहते हैं **तालियों की गड़गड़ाहट में मेरी ज़िन्दगी गुजरी है जिस दिन मंच और तालियों की गड़गड़ाहट सुननी मैनें बंद कर दी उसी दिन मैं मर जाऊंगा** वही हर मंच नीरज के बगैर खुद को अधूरा पाता है। कानपुर के अस्टू बाबू जो स्वयं में एक बहुत बड़ी हस्ती हैं मैनें उनको बहुत उत्साह के साथ नीरज की बातें कहते और सुनते सुना है यहां तक कि उनके ऑफिस में उनके साथ नीरज जी की तस्वीर भी रखी देखी है मैनें। ब्रहेन्द्र गुप्ता जो नीरज को साक्षात भगवान मानते हैं नीरज में ईश्वर के सारे रूप देखते हैं। वे कहते अगर उन्होंने कभी नीरज के पैरों की धूल तक छू ली तो वे समझेंगे उन्होंने साक्षात भगवान को छू लिया।

यहाँ तक कि नीरज को भगवान ओशो भी बहुत मानते थे। उनकी बहुत सी किताबों की भूमिका नीरज ने लिखी। वे नीरज की बातों को बहुत ध्यान से सुनते और मनन करते थे। नीरज जब ओशो आश्रम जाते तो वे ज्यादा से ज्यादा समय नीरज के साथ ही बिताते। **अमृता प्रीतम के**

व्यक्तित्व और कृतित्व के प्रति बेहद झुकाव रखने वाले ओशो के निमन्त्रण को अमृता प्रीतम तो ठुकरा सकती थी पर नीरज नहीं क्योंकि ओशो नीरज से जितना प्रभावित थे उतना ही नीरज ओशो से। ओशो के अधिकांश वक्तव्य में नीरज की पंक्तियां होती थी और नीरज के काव्य में ओशो का चिन्तन। यहाँ तक कि ओशो की अंतरंग बातों को नीरज जानते थे और नीरज की अंतरंग बातों को ओशो। नीरज के 5–6 गीत ओशो के कहने पर ओशो आश्रम में लिखे गये जिनमें **यह प्यासों की प्रेम सभा है**, काफी लोकप्रिय हुआ। कहना होगा नीरज और ओशों की यह घनिष्ठता एक–दूसरे का पर्याय बनी और एक–दूसरे के विचारों का पोषक भी।

आदमी को आदमी बनने के लिए ज़िन्दगी में प्यार की कहानी चाहिए
(मैंने सिर्फ प्रेम किया है)

जड़ हो या चेतन, स्त्री हो या पुरूष नीरज ने सभी को प्रेम किया। प्रेम उनकी कमजोरी है और प्रेम ही उनकी ताकत। उनकी प्रेरणा, गति, संसार सब प्रेम ही तो है, यह प्रेम वासनामय होकर भी वासनामयी, स्थूल होकर भी स्कूल नहीं था। बल्कि यह ईश्वर की आसक्ति जैसा था बिल्कुल निर्मल, श्वेत और सूक्ष्म।

रागिनी है एक प्यार की
ज़िन्दगी की जिसका नाम है
गाके गर कटे तो है सुबह
रोके गर कटे तो शाम है
शब्द औ ज्ञान व्यर्थ है
पूजा–पाठ ध्यान व्यर्थ है
आंसुओं को गीतों में बदलने के लिए
लौ किसी प्यास से लगानी चाहिए
आदमी को आदमी बनाने के लिए
ज़िन्दगी में प्यार की कहानी चाहिए।

क्योंकि नीरज का मानना है –

जो पुण्य करता है वह देवता बन जाता है,

जो पाप करता है वह पशु बन जाता है,
और जो प्रेम करता है वह आदमी हो जाता है।

नीरज का प्रेम वह प्रेम है जिसने प्रेम को पूजनीय बनाया, पतनोन्मुखी नहीं। यह उसे आध्यात्मिक ऊँचाईयाँ देता रहा और ऐसी ऊँचाईयाँ देता रहा जो निर्माण कर सके, सृजन कर सके, संवेदना और इंसानियत के दुर्ग गढ़ सके।

प्यार का फर्ज है हर हद से जुदा हो जाना,
यानि हर शक्त के कर्जों से अदा हो जाना।
ज्ञान को, ध्यान को, ओ धर्म समझने वालों
ध्येय मजहब का है आदम का खुदा हो जाना।

नीरज से प्रेम का सम्बन्ध आत्मा से आत्मा का रूह से रूह में उतर जाने तक का है यह सम्बन्ध आदमी को आदमी बना देने का है –

घृणा का प्रेम से जिस दिन अलंकरण होगा
धरा पे स्वर्ग का उस दिन अवतरण होगा।

प्रेम में घृणा का कोई स्थान नहीं। यह मनुष्य को महान बना देती है इसीलिए नीरज हिंसा–द्वेष और बारूद के ढेर में बैठने की जगह संवेदना के मरुभूमि को प्रेम से सिंचित कर अमन–चैन का फूल खिलाना चाहते हैं –

हृदय–हृदय के बीच खाईयाँ, लहू बिछा मैदानों में,
घूम रहे हैं युद्ध सड़क पर, शांति छिपी शमशानों में,
जंजीरें कट गईं, मगर आजाद नहीं इंसान अभी
दुनिया भर की खुशी कैद है चांदी जड़े मकानों में।
सोई किरन जगाता चल रूठी सुबह मनाता चल
प्यार नकाबों में न बंद हो हर घूँघट खिसकाता चल।
राही है सब एक डगर के, सब पर प्यार लुटाता चल।
बिका–बिकी सब ओर मची है आने 'औ' दो आनो पर,

अस्मत बिके दुराहों पर तो प्यार बिके दुकानों पर
डगर–डगर पर मंदिर–मस्जिद, कदम–कदम पर गुरूद्वारे
भगवानों की बस्ती में है जुल्म बहुत इंसानों पर,
खिड़की हर खुलवाता चल, साँकर हर कटवाता चल।
इस पर भी रोशनी न हो तो दिल का दिया जलाता चल।

राही है सब एक डगर के, सब पर प्यार लुटाता चल।

नीरज जैसा संवेदनशील इंसान, जिसके चरित्र का उत्कर्ष और शुभ्रता का सम्बन्ध हृदय पक्ष की गहराई से है साथ ही उच्च दृष्टिकोण तथा अगाध विश्वास से भी है। किराए पर आँसू बहाने वालों के बीच यह कवि सचमुच अपनी ही पीड़ा पर रहे रहा है, और यही पीड़ा अपनी उदात्ता के चरमोत्कर्ष में अथाह नदी का वेग लिए विश्व हित के महाभाव के गहरे समुद्र में लीन होती देखी जा सकती है।

"वह नफरत की बारूद न बिखराओ साथी।
यह युद्धों का जहरीला नाला बन्द करो।
जो प्यार तिजोरी सेफों में है तड़प रहा।
उसके बन्धन खोलो, उसको स्वच्छन्द करो।

❋❋❋

तुम शक्ति नहीं ला पाये युद्धों के द्वारा
अब फेंक जरा तलवार, प्यार लेकर देखो,
सच मानों निश्चय विजय तुम्हारी ही होगी
दुश्मन को अपना हृदय जा देकर देखो। (प्राणगीत)

आगे वे कहते हैं जिसने मानवता नहीं सीखी, इन्सान होकर इंसान को गले नहीं लगाया, उसका दर्द नहीं बांट सका, वह इंसान कहलाने का अधिकारी नहीं –

मैं सिखलाता हूँ कि जियो और जीने दो संसार को
जितना प्यार बाँट सको बाटों अपने प्यार को
हंसो इस तरह हँसे तुम्हारे साथ दलित या धूल भी
चलो इस तरह कुचल न जाये पग से कोई शूल भी
सुख न तुम्हारा सुख केवल जग का भी उसमें भाग है
फूल डाल का पीछे, पहले उपवन का श्रृंगार है।

अगर कहूँ कृष्ण बनाम प्रेम तो प्रेम बनाम नीरज है इसी प्रेम के बल पर ही नीरज ने जीवन संग्राम की अनेकों लड़ाइयाँ लड़ी और जीतीं, लोगों के दिलों को जीता। आज भी इतनी अशक्तता के बावजूद भी उनमें जो अजस्र ऊर्जा का स्रोत बहा करता है उसके मूल में यही प्रेम है।

भूख इंसान को गद्दार बना देती है

चाह तन–मन की गुनहगार बना देती है
(यह भूख अभावों से जन्मी थी)

नीरज जी का जन्म ही पीड़ा में हुआ यह तो सभी जानते हैं। जन्म के कुछ दिन पश्चात् पिता की मृत्यु हो गई। माँ जिसे वो बेहद प्यार करते थे उनसे दूर अपने फूफा हरदयाल जी के यहाँ रहना पड़ा। सारा बचपन जहाँ माँ के लिए सिसकता रहा वहीं किशोरावस्था, युवावस्था अभावों, संघर्षों से गुजरती रही और दर–दर की ठोकरें खाती रही। कभी वे नदी में गोते लगाकर सिक्के बिनते, कभी ट्रेन में चढ़कर पूरी–कचौड़ी, पान–सिगरेट बेचते।

मैं ऐसे तमाम लोगों को जो नीरज को लोभी, लालची, भूखा और सिर्फ सुरा–सुन्दरी से जोड़कर देखते हैं इतना पूछना चाहती हूँ जिसने बचपन और जवानी के आधे से ज्यादा भाग को भूख के शोलों में दफन देखा था, जिसने अपनी मजबूर गरीबी को किसी मिल के फाटक पर खड़ा तरसता देखा था वह इंसान या उस जैसा कोई इंसान भूखा नहीं तो और क्या होगा? नीरज ने 'कानपुर की पाती' में लिखा है –

कानपुर आज जो देखे तू अपने बेटे को
अपने नीरज की जगह लाश उसकी पाएगा
सस्ता खुद इतना यहाँ मैनें खुद को बेचा
मुझको मुफलिस भी खरीदे तो सहम जायेगा।

लेकिन उस इंसान ने कभी गलत रास्ते को नहीं चुना, कभी किसी का पैसा नहीं मारा, कभी किसी का कर्जदार होकर नहीं जिया, कभी किसी काम को छोटा–बड़ा करके नहीं आँका। उसने मेहनत की। स्वाभिमान और मेहनत से की गई मजदूरी पर गर्व किया। आज वो जहाँ है वह उसकी मेहनत का ही प्रतिफल है। वरना कौन जानता था **जिसको एक समय में रास्ते की धूल ही दुतकारती हो वही भविष्य में एक युग एक सदी बनकर जियेगा।**

लेकिन आज उनकी जो हालत है वह मुझसे देखी नहीं जाती ताउम्र लोगों के काम आने वाला व्यक्ति आज बोझ...!!! जिस तरह वह राजाओं जैसा जिये हैं काश अपनी मृत्यु तक वो राजाओं जैसे ही

जीते रहें और मरें भी राजाओं जैसे ही।

रही बात प्रेम की, पैसों की तरह बचपन में प्रेम के अभाव ने उन्हें प्रेम का भूखा बनाया। लेकिन नीरज ने कभी किसी को धोखा नहीं दिया, किसी के साथ छल नहीं किया, किसी के साथ जबर्दस्ती नहीं की। झूठी दुःखों की कहानी सुनाकर किसी का नजायज़ फायदा उठाने की कुचेष्टा नहीं की। लोग ही सुरों के सरताज को दिल का सरताज और गीतों के राजकुमार को दिल का राजकुमार बनाते रहे।

फिर मैं कहती हूँ हर व्यक्ति में अच्छे और बुरे दो गुण होते हैं। कोई व्यक्ति पूर्ण नहीं होता। नीरज में भी कमियाँ होगीं मैं स्वीकार करती हूँ स्वयं नीरज भी इस बात को स्वीकार करते हैं। भले ही उनके तन की चादर मैली और लाख थिगरियों से भरी हों किन्तु मन की चादर बेदाग है।

मैं बहुत कम लोगों में बुराई ढूँढ पाती हूँ। मैं नीरज में वो नहीं देख पाई जैसा लोगों ने उन्हें देखा और आंकलन किया। मैनें वो देखा जो शायद ही किसी ने देखा हो। मैनें नीरज के अन्दर बहुत भोले और मासूम इंसान को देखा। मैनें उनके अंदर एक ऐसे बच्चे को जीते देखा जो बहुत सरल, निश्छल, निष्कलंक, निराभिमानी और हठी है। मैनें उनके अन्दर एक बहुत प्यारे इंसान को पलते देखा जिसकी आत्मा द्वेष–दम्भ से रहित बहुत विशाल, उज्जवल और मानवीय गुणों से युक्त है। इसलिए मानती हूँ –

नीरज से बढ़कर और धनी कौन है यहाँ,
उनके हृदय में पीर है सारे जहान की।

'आँसू जब सम्मानित होंगे मेरा नाम लिया जायेगा'

पर मानवता का पाठ पढ़ाने वाले प्रेम के इस पुजारी पर तमाम आक्षेप भी लगाए गए तीव्र आलोचनाओं के तीखे प्रहार भी झेलने पड़े। इनमें से अधिकांश वे ढोंगी, छिद्रान्वेषी लोग थे जो नीरज के सामने तो उनकी जय–जयकार करते लेकिन पीछे....!! ये वे घटिया स्वार्थी लोग थे जो पहले तो चिरौरी करते बाद में मतलब सिद्ध हो जाने पर....!! आलोचना बुरी नहीं पर आलोचना का रूप बुरा है फिर वे आलोचक जो स्वयं भी....!! आलोचना का विषय व्यक्तित्व ही क्यों, कृतित्व क्यों नहीं? और अगर व्यक्तित्व के अँधेरे

पक्ष की चर्चा तो व्यक्तित्व के उज्जवल पक्ष की अवहेलना क्यों? सामने दिखावा, ढोंग और दोगलापन क्यों साफगोई क्यों नहीं?

मैं समझती हूँ कि बहुत हो गये किस्से–कहानी अब तो उनकी उपलब्धियों और उनके गीतों की चर्चा करो। 93 साल के होने के बावजूद भी साहित्य के प्रति उनका आज भी जो समर्पण है उसकी चर्चा करें, उनकी गीतों की चर्चा करें। देह के जर्जर होने साथ देह की बातें भी खत्म हो जानी चाहिए। फिर चर्चा देह की ही क्यों जो उनकी निजी पूँजी है? फिर आलोचना प्रेम संबंधों की ही क्यों जो उनका नितांत वैयक्तिक मामला है? फिर शोर शराब को लेकर क्यों सुरों को लेकर क्यों नहीं? एक शराबी अगर दूसरे शराबी का मजाक उड़ाये तो इससे बड़ी हंसी की बात कोई होगी? एक पतित दूसरे पतित पर अंगुली उठाये तो इससे बड़ा आश्चर्य कुछ होगा? लेकिन यही हुआ है, होता है और होता रहेगा।

लेकिन आज तक मैं एक बात नहीं समझ पाई ऐसा क्या कारण था जो सुरा–सुन्दरी से घिरे रहने के बावजूद भी लोग उनका बहिष्कार और नफरत करने के बजाय दिलों में बैठाते रहे? ऐसा क्या कारण था उन पर हजारों उँगलियाँ उठाने वाले उनकी जय–जयकार लगाते रहे? ऐसा क्या कारण था कि साहित्याकाश में वो मुकाम न पाने के बावजूद भी लोकप्रियता के चरम को छूते रहे? कभी–कभी तो लगता है हर व्यक्ति में एक नीरज जीवित है वो नीरज की तरह जीवन चाहता है, नीरज की तरह जीना चाहता है लेकिन....!!! किन्तु इन आलोचनाओं–प्रत्यालोचनाओं, आक्षेपों–प्रत्याक्षेपों से आहत् नीरज इतना ही कह पाते हैं – **मैनें कोई गुनाह नहीं किया। मैनें जो किया प्रेम से वशीभूत होकर किया और अगर आदमी होकर आदमी से प्रेम करना गुनाह है तो यह गुनाह मैं हर बार करना चाहूँगा।**

लेकिन आज कल के बदलते प्रेम के स्वरूप से वे अच्छे खासे नाराज हैं। उनका मानना है कि आज प्रेम कहां रह गया है सिर्फ ढोंग रह गया है। आज का प्रेम तो फोन से शुरू होता है और फोन पर ही खत्म हो जाता है। वे आगे कहते हैं प्रेम साधना है, आराधना है, ये सब के बस की बात नहीं। किसी को पाने का नाम हरगिज नहीं आज कल तो पश्चिमी सभ्यता

दिलों दिमाग में हावी है। दुनिया कहती है हम प्रेम करते हैं अगर प्रेम करते हैं तो नफरत कहां से आ गयी संसार में? आये दिन तेजाब काण्ड, बलात्कार काण्ड, मर्डर वगैरह जो हो रहे हैं ये सब गलत है। प्यार को सम्बल बनाओ, जीने का आधार बनाओ, न मिल पाने पर बदले की भावना या स्वयं मिट जाने की भावना को त्यागकर अपने प्यार को नया आकार, नया आयाम नई परिभाषा दो। सारे विश्व से प्रेम करो तभी तुम प्रेम कर सकोगे।

हो नहीं मंजिल कहीं जिस राह की,
उस राह चलना चाहिए संसार को,
जिस दर्द में सारी उमर रोते कटे,
वह दर्द पाना है जरूरी प्यार को,
जिस चाह का हस्ती मिटाना नाम है,
उस चाह पर हस्ती मिटाना धर्म हो।

आखिर क्या कहती है नीरज की कुंडली

रमेश चिन्तक

Gopal Das 'Neeraj'		
Sun 4 Jan 1925 02:20:00	Timezone: -5:30:00	Ishtakal : 48:1:33
City : Etawah	Daylightsaving : 0	Sunrise : 3 Jan 25 07:07:23
State : Uttar Pradesh	Longitude: 79E02'00	Sunset : 3 Jan 25 17:29:18
Country : India	Latitude: 26N46'00	Ayanamsha : -22:48:23 Lahiri

Birth Chart

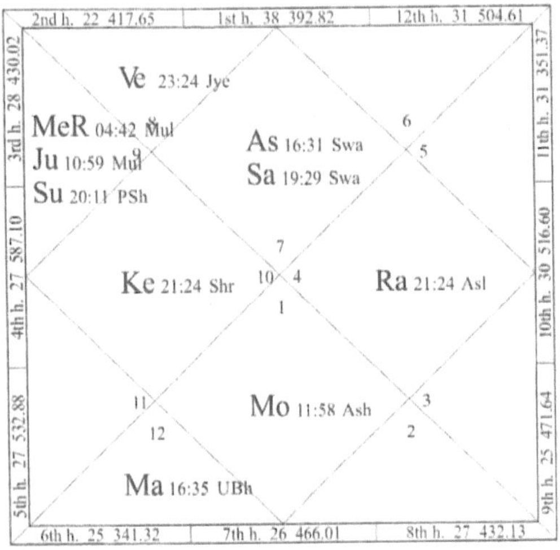

D9 Navamsha (spouse)

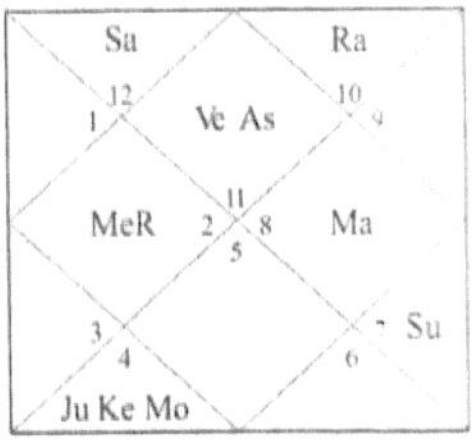

Vimshottari

Sa-Ma	25-03-2015	03:18
Sa-Ra	02-05-2016	22:45
Sa-Ju	09-03-2019	21:18
Me-Me	20-09-2021	04:02
Me-Ke	16-02-2024	19:02
Me-Ve	12-02-2025	23:48
Me-Su	14-12-2027	20:16
Me-Mo	20-10-2028	07:12
Me-Ma	21-03-2030	17:26
Me-Ra	18-03-2031	22:12
Me-Ju	05-10-2033	07:02
Me-Sa	11-01-2036	04:12
Ke-Ke	20-09-2038	06:51
Ke-Ve	16-02-2039	10:13
Ke-Su	17-04-2040	13:00

Birth Chart

As	16:31:27		Lib	Swati	Roh	3,Ra/Ve/Ju				
Su	20:11:43		Sag	P.Shad.	Pah	3,Ve/Ju/Ju	Neutr.	0.69	1	Malef
Mo	11:58:42		Ari	Ashwini	Lah	4,Ke/Me/Ve	Frnd.	1.33	3	Neutr
Ma	16:35:18		Pis	U.Bhadra.	Jya	4,Sa/Ju/Ra	Grt.Fr.	1.35	4	Malef
Me	04:42:53	R	Sag	Moola	Yoh	2,Ke/Mo/Ve	Enemy	1.11	4	Benef
Ju	10:59:56	c	Sag	Moola	Bee	4,Ke/Sa/Ra	Own	0.91	2	Malef
Ve	23:24:03		Sco	Jyeshtha	Yee	3,Me/Ma/Ra	Enemy	1.19	2	Neutr
Sa	19:29:08		Lib	Swati	Tah	4,Ra/Ma/Ju	Exalt.	1.74	3	Benef
Ra	21:24:52		Can	Ashlesha	Doo	2,Me/Ve/Me	Neutr.			Neutr
Ke	21:24:52		Cap	Shravana	Guh	4,Mo/Ve/Ra	Neutr.			Neutr

Shad Bala

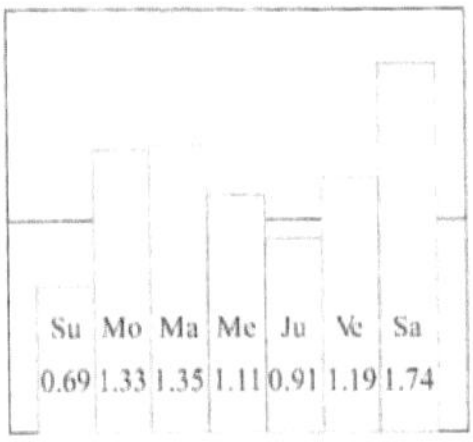

'अब जमाने को खबर कर दो कि 'नीरज' गा रहा है... जो झुका है, वह उठे अब सर उठाए, जो रूका है, वह चले नभ चूम आए, जो लूट है, वह नए सपने सजाए, जुल्म–शोषण को खुली देकर चुनौती, प्यार अब तलवार को बहला रहा है। अब जमाने को खबर कर दो कि 'नीरज' गा रहा है। यह वही विभूति हैं जिन्होंने अपनी कलम को लोहा मनवाया है। 4 जनवरी 1925 को 02:20 प्रातः को इटावा में जन्में

नीरज के ग्रह नक्षत्रों की अद्भुत कलात्मकता और बल का ही प्रताप है। आईये नीरज के नवग्रहों का आकलन करते हैं...

किसी भी क्षेत्र में सफल होने के लिए जीवन में संतुलन और समता की बहुत आवश्यकता होती है। परमात्मा ने नीरज जी का जन्म उस घड़ी में करना सुनिश्चित किया जिस समय अन्तरिक्ष में तुला लग्न थी। यानि तुला लग्न होने की वजह से व्यक्तित्व में संतुलन ही शब्दों के चयन एवं संतुलन करने की अद्भुत क्षमता दी है। तुला लग्न स्वयं में कलात्मकता, न्यायप्रियता उसका नैसर्गिक गुण होता है। लग्न का स्वामी शुक्र अपने भाव से पणफर भाव में द्वितीय में स्थित है जोकि अच्छी शारीरिक क्षमता, रचनात्मक वाणी और वृश्चिक राशि में होने की वजह से गूढ़ ज्ञान से अभिप्रेरित रही।

शनि समझदारी का प्रतिनिधित्व करता है यदि शनि कुंडली में अच्छा है तो वह समझदार होता है। नीरज जी की कुंडली में लग्न में उच्च का शनि अच्छी समझ और सामाजिक संदर्भों के प्रति संवेदनशीलता का परिचायक है। मूल कुंडली में चतुर्थ और पंचम के मालिक शनि तृतीय दृष्टि भाव को देख रहे हैं। यह स्थिति नीरज जी को अद्भुत क्षमताओं का धनी बना रहा है। यह लग्न में उच्च का होकर पंचमहापुरुष योगों में होकर शशयोग बना रहा है। वहीं दूसरी ओर कर्म भाव में उच्च के शनि की दृष्टि है और यहां पर स्थित राहु कर्क राशि में हैं कर्क का स्वामी चंद्रमा है कर्मक्षेत्र में सफलता, राजनीतिक समझ, धनोपार्जन में सर्वदा ध्यान देने वाला और जनता का कल्याण करने की इच्छा रखने वाला होता है।

कुण्डली के कलात्मक भाव यानी तृतीय भाव में बुध, गुरु और सूर्य विराजित हैं। यह युति सूर्य बुध गुरु योग भी बना रही है जिसका फल है विख्यात लेखक बनना। तृतीय भाव के स्वामी गुरु, लाभ भाव के स्वामी यानी लाभेश सूर्य अथवा भाग्य भाव के स्वामी बुध लेखन क्षमता को विलक्षण बना रहे हैं। लेखन का मुख्य ग्रह बुध जो कि वक्री होकर मूल नक्षत्र में हैं इस नक्षत्र का अर्थ स्वयं उसी के नाम से स्पष्ट है, इसका अर्थ होता है शब्दों के मर्म तक पहुंचना। मूल का स्वामी केतु होता है। बुध केतु के नक्षत्र में होने से शब्दों में उद्भव बिन्दु तक पहुँचने की क्षमता रहती है। लेखन में कलात्मकता, नयापन, जोश एवं युवान की निपुणता देता है।

बुध वक्री होकर मंदगति से नवम् भाव यानी भाग्य भाव को देखकर

उस भाव को बली कर रहा है, जिससे द्रव्य, सवारी, सुख, संपत्ति, ज्ञान, बुद्धि, विद्या, उदारता इत्यादि का सुख सुनिश्चित करता है।

तृतीय भाव में बुध के साथ गुरु एवं सूर्य भी स्थित हैं जिसमें गुरु स्वग्रही हैं और सूर्य एकादशेश होकर गुरु से युत कर रहे हैं। चंद्रकुंडली से गुरु भाग्यभाव के स्वामी हो गए हैं मूल कुंडली से तृतीय पराक्रम भाव है और चद्र कुंडली से नव भाग्य भाव है जहां तीनों ग्रहों की युति अत्यंत महत्वपूर्ण है क्योंकि शनि की तृतीय दृष्टि इस भाव पर है इसलिए पराक्रम में सफलता और भाग्योदय 33 वर्ष के उपरांत हुआ होगा। शनि का अर्थ है शनश्चरा अर्थात धीरे–धीरे चलने वाला यानी देरी करने वाला। यहां पर स्वग्रही गुरु सफलता में पराक्रम में स्थायित्व देता है और सूर्य किये गए पराक्रम का फल निश्चित देता है। सूर्य गुरु की युति राज्य से लाभ एवं सम्मान भी दिलाती है।

छठे भाव में मंगल शत्रुहंता योग बना रहा है यह गुरु की राशि में है ऐसा जातक अपने माता–पिता की तपस्या के परिणाम स्वरूप जन्म लेता है। अच्छे भोजन में इनकी रूचि होती है तथा नींद भी अच्छी आती है। सप्तम भाव में चंद्रमा सप्तम भाव को कुछ पीड़ित अवश्य करता है। सप्तम भाव का स्वामी अपने से 12वें भाव में है जो कि दांपत्य सुख में न्यूनता लाता है यद्यपि गुरु की दृष्टि इस न्यूनता को कम करती है।

नवमांश कुंडली में कुंभ लग्न अर्थात पंचम भाव जाग्रत है इस कुंडली में पुनः लग्नेश शनि द्वितीय भाव में है जो अच्छे स्वास्थ्य का परिचायक है। तथा चिकित्सा पर न्यूनतम व्यय कराते हुए जीवन के कोष की वृद्धि कर रहा है और अच्छी आयु दिला रहा है। लग्न में शुक्र सुदर्शन व्यक्तित्व और मिलनसार स्वभाव का संकेत है चूंकि भाग्य भाव में सूर्य उच्च का हो गया है यह आत्मा का ऊर्धगामी बना रहा है। इसलिए ऐश्वर्य और प्रतिष्ठा की दृष्टि से फल सुनिश्चित है। नवांश में दशम में मंगल स्वग्रही होकर कर्म क्षेत्र में स्थिरता प्रदान करते हुए वैभव की वृद्धि कराता है और हमेशा ऊर्जावान बनाए रखता है।

नवमांश के छठे भाव में गुरु भी उच्च के हो गए हैं जो कि केतु और चंद्रमा के साथ नवमांश में यह एक विलक्षण योग है जो आत्मा की गति को सद्गति की ओर ले जाने का संकेत देती है। छठे केतु में परालौकिक संकेतों से ग्रहण करने की क्षमता होती है। मन का कारक चंद्र ज्ञान रूपी गुरु के

साथ मोक्ष रूपी केतु का परालौकिक अनुभूति कराने वाला योग बन रहा है। कुल मिलाकर यह एक विलक्षण कुंडली है जिसमें लौकिक से पारलौकिक की यात्रा है।

अंक ज्योतिष और नीरज

अगर हम अंक ज्योतिष के हिसाब से गोपालदास 'नीरज' को देखें तो जिनका मूल अंक 'प' है उसका स्वामी हर्षल होता है। जिसका सम्बन्ध सूर्य से है। हर्षल सूर्य के ही समान गुण वाला ग्रह है। इनका जीवन विचित्रताओं और वैविध्य से पूर्ण होता है। इस तारीख को जन्में व्यक्ति प्रत्येक वस्तु को अपने अलग ही दृष्टिकोण से देखते हैं। ये किसी बन्धन और रूढ़ि को नहीं मानते। इनका जीवन सुधारक जैसा होता है। आप कला प्रेमी हैं। आपको लोग बहुत मान–सम्मान देते हैं किन्तु फिर भी आप अपने को अकेला महसूस करते हैं यह अंक कार्यबद्धता, पुरुस्कार, एकता, न्याय का भी प्रतीक है। दया, परोपकार, दानप्रियता आपका विशेष गुण है।

गोपालदास का पहला अक्षर 'G' आखिर क्या कहता है – चूंकि गोपालदास 'नीरज' का पहला अक्षर 'G' से शुरू होता है ऐसे व्यक्ति का जीवन श्रेष्ठ होता है सादगी, शिष्टता, सच्चाई आदिगुण इनके व्यक्तित्व के श्रेष्ठ आभूषण होते हैं। आकर्षक व्यक्तित्व के कारण दूसरे व्यक्ति स्वतः इनकी ओर आकृष्ट होते हैं। ये सभी कार्य योजनाबद्ध ढंग से करते हैं इसलिए ये अपने कार्य में सफल होते हैं।

जब उन्होंने अपने नाम के साथ जोड़ा 'नीरज' – यूँ तो नीरज का नाम गोपालदास सक्सेना है लेकिन जब से उन्होंने अपने साथ अपना उपनाम 'नीरज' जोड़ा तब से उनकी जिन्दगी ही बदल गई। नाम, शोहरत, दौलत सब उनके कदमों में आ गिरे। जो जिन्दगी बेहद संघर्षपूर्ण थी वो जिन्दगी सरल होकर निखरने लगी थी। GOPAL DAAS NIRAJ का योग बनता है 56 5+6= 11 1+1=2, गजब की यादाश्त वाला यह व्यक्ति सभी प्रकार की परिस्थितियों पर विजय प्राप्त करने वाला, भोगी होकर भी योगी, यशस्वी और गुणवान भी तमाम संघर्षों को झेलते हुए भी यह अंक किसी दुष्प्रवृति से प्रभावित हुए बिना प्रत्येक झंझट को हराने में समर्थ है। अपनी कमजोरी और सच्चाई को छिपाना इनकी नीयत नहीं। ऐसे व्यक्ति कल्पनाशील व दार्शनिक स्वभाव के होते हैं। इनके अन्दर एक अद्भुत

मनोवैज्ञानिक शक्ति होती है जो एक विशेष व्यक्ति का परिवेश अन्दर भर देती है। तमाम किस्म की विशिष्टताएँ, योग्यताएँ, निखार और व्यवहारिक एकाधिकार भी आपको अपनी अद्‌भुत कल्पना शक्ति एवं मधुर व्यवहार के मिश्रण से मिलता है। दूसरों पर असर डालने की क्षमता और युक्ति आपको सफल व्यक्ति बनाती है। जबकि आडम्बर और क्षणिक जोश हमेशा पीछे रह जाते हैं।

अद्‌भुत पाँव

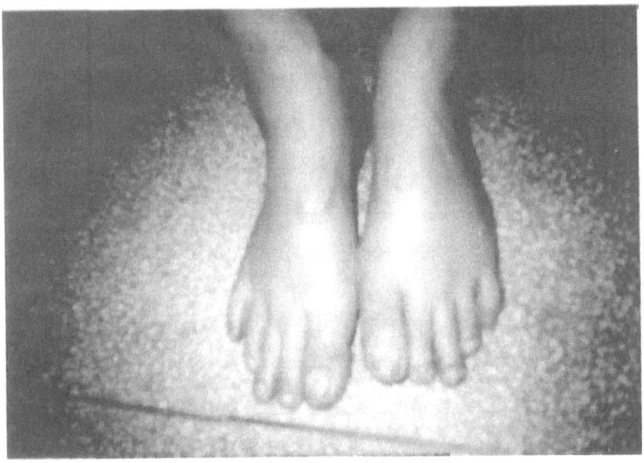

मीना कुमारी की एक बहुचर्चित फिल्म 'पाकीजा' का बहुत प्रसिद्ध डायलॉग है – **'इतने सुन्दर पांव को जमीन पर मत उतारना मैले हो जायेंगे।'** गोपालदास नीरज के पांव को देखकर मुझे हमेशा ये डायलॉग याद आता है।मैंने आज तक अपने जीवन में इतने खूबसूरत और विलक्षण पैर नहीं देखे। इनके पैर एक राजा के पैर हैं यानि ये जन्म से ही लिखा के लाये थे कि इन्हें राजा बनना है। जिसके पैर की दो उंगलियाँ बराबर होती हैं वो व्यक्ति नाम शोहरत के परचम लहराता है लेकिन इनकी तीसरी उंगली पिछली दो उंगलियों से भी बड़ी है जो राजयोग, वैभव योग को दर्शाती है।

यानि अपने अनुसार अपनी जिन्दगी जीने वाला यह व्यक्ति बिना मुकुट का वह राजा है जिसे यह सदी तो क्या आने वाली अनेक सदियाँ याद रखेंगी।

पद्म भूषण डॉ० गोपालदास 'नीरज' एक नज़र में

जन्म तिथि	4 जनवरी 1925
शिक्षा	एम.ए. हिन्दी
पिता का नाम	स्व. वृजकिशोर सक्सेना
माता का नाम	स्व0 सुखदेवी
जन्म स्थान	इटावा (उ0प्र0)
निवासी	इकदिल इटावा

प्रकाशित कृतियाँ

1. नदी किनारे (पूर्वनाम संघर्ष)
2. लहर पुकारे (पूर्वनाम अंतर्ध्वनि)
3. बादर बरस गयो (पूर्व नाम विभावरी)
4. प्राण–गीत
5. दर्द दिया है
6. नीरज की पाती
7. दो गीत
8. मुक्तकी
9. आसावरी
10. गीत–अगीत
11. नीरज की गीतिकायें
12. वंशीवट सूना है
13. नीरज रचनावली (तीन खण्डों में)
14. नीरज दोहावली
15. नीरज ज्योतिष दोहावली
16. शुक नाड़ी ज्योतिष दोहावली
17. नीरज के प्रेमगीत
18. बादलों से सलाम लेता हूँ
19. कुछ दोहे नीरज के

20. कारवाँ गुजर गया
21. तुम्हारे लिये
22. फिर दीप जलेगा
23. गीत जो गाये नहीं
24. लोकप्रिय गीतकार नीरज
25. आधुनिक हिन्दी कवि नीरज
26. पंत : कला, काव्य और दर्शन
27. नील पंखी (ब्लू बर्ड का हिन्दी अनुवाद)
28. लिख–लिख भेजत पाती

सम्पादन

1. लय (त्रैमासिक साहित्यिक पत्रिका)
2. हिन्दी रुबाइयाँ
3. हिन्दी के श्रृंगार गीत
4. गीतकार (मासिक)
5. बच्चन : यात्री अग्निपथ का
6. हिन्दी के विरह गीत

फिल्मी गीत

1. लिखे जो खत तुम्हें (कन्यादान)
2. ऐ भाई जरा देख के चलो (मेरा नाम जोकर)
3. धीरे से जाना खटमल खटियन में (छुपारूस्तम)
4. दिल आज शायर है (गैम्बलर)
5. जीवन की बगिया महकेगी (तेरे मेरे सपने)
6. जो मैनें कसम ली (तेरे मेरे सपने)
7. मेघा छाये आँधी रात पवन पुरूवइयाँ (शर्मीली)
8. मेरा मन तेरा प्यासा (गैम्बलर)
9. ओ मेरी, ओ मेरी शर्मिली जाओ न, तरसाओ न (शर्मीली)
10. फूलों के रंग से, दिल की कलम से (प्रेम पुजारी)
11. रंगीला रे तेरे रंग में (प्रेम पुजारी)
12. शोखियों में घोला जाये फूलों का शबाब (प्रेम पुजारी)
13. जैसे राधा ने माला जपी श्याम की (तेरे मेरे सपने)
14. कारवां गुजर गया (नई उमर की नई फसल)

15. सुबह न आये, शाम न आये (चा चा चा)
16. वो हम न थे, वो तुम न थे (चा चा चा)
17. आज मदहोश हुआ जाये रे मेरा मन (शर्मीली)
18. खिलते गुल यहाँ खिल (शर्मीली)
19. प्रेम के पुजारी हम हैं रस के भिखारी (प्रेम पुजारी)
20. देनु तेनु रेशमी रूमाल हो बाँके जरा.... (प्रेम पुजारी)
21. बस यही अपराध मैं, हर बार करता हूँ (पहचान)
22. वो पैसे की पहचान यहां, इंसान की कीमत कोई नहीं (पहचान)
23. वो परी कहाँ लाऊँ, तेरी दुल्हन किसे बनाऊँ (पहचान)
24. आया न हमको प्यार जताना, प्यार तुझी से करता हूँ (पहचान)
25. कहता है जोकर सारा जमाना आधी हकीकत आधा फसाना (मेरा नाम जोकर)
26. समय का पहिया घूमे रे भैया (चन्दा और बिजली)
सहित सौ से अधिक फिल्में

अलंकरण

1. भारत सरकार द्वारा पद्मश्री से सम्मानित (1991) पद्मभूषण–2007
2. साहित्य वाचस्पति (1991, हिन्दी साहित्य सम्मेलन, प्रयाग)
3. विद्यावाचस्पति (1995, विक्रमशीला हिन्दी विद्यापीठ)
4. डी.लिट् की मानद उपाधि (1996, डॉ0 बी0आर0 अम्बेडकर वि0वि0, आगरा) एवं लखनऊ विश्वविद्यालय द्वारा डी.लिट् की मानद उपाधि 2007 में
5. टैगोर वाचस्पति (1974, टैगोर सोसायटी, जयपुर)
6. यश भारती (1994, एक लाख रु0 से सम्मानित, उ0प्र0 सरकार)
7. सर्वश्रेष्ठ फिल्म गीतकार का फिल्मफेयर अवार्ड (1970)
8. आलमी उर्दू कान्फ्रेन्स, नयी दिल्ली का 11 हजार रु0 का अवार्ड (1981)
9. उ0प्र0 हिन्दी संस्थान का 21 हजार रु0 का पुरस्कार (1990)
10. हिन्दी गौरव सम्मान, राशि 2 लाख रु0 (2004, उ0प्र0 हिन्दी संस्थान, लखनऊ)
11. ग्राफिक इरा यूनिवर्सिटी देहरादून, उत्तराखण्ड द्वारा ग्रेफिक हिन्दी गौरव सम्मान 1 लाख रु0 से सम्मानित (16.04.2011)

इनके अतिरिक्त गीत गंधर्व, गीत सम्राट, गीत कौस्तुभ, गीतऋषि, धरती तिलक आदि अनेक उपाधियों से विभूषित।

12. आगमन साहित्यिक समूह द्वारा लाईफ टाईम अचीवमेन्ट एवार्ड (2016)

विदेशों में काव्य पाठ

भारत सरकार के सांस्कृतिक शिष्ट मण्डल में सम्मिलित होकर नेपाल में काव्यपाठ (1957) धरती विद्या भवन, न्यूयार्क के आमंत्रण पर अमरीका व कनाडा के दस प्रमुख नगरों में काव्यपाठ (1973) इण्डियन एसोसियेशन मानचेस्टर (यू.के.) के आमंत्रण पर वहाँ अनेक नगरों में काव्यपाठ (1993) मानचेस्टर की हिन्दी संस्था अहिंसम के तत्वाधान में वर्ष 1994–95 में पुनः आमंत्रित होकर इंग्लैण्ड के प्रमुख नगरों में काव्यपाठ सितम्बर 1996 में आस्ट्रेलिया के चार प्रमुख नगरों में काव्यपाठ।

शोध और मूल्यांकन

1. नीरज काव्य का विकासात्मक अध्ययन, (रमाशंकर पाण्डेय आगरा वि.वि.)
2. गीतकार नीरज (श्रीमती सी. बसंता)
3. नीरज दृष्टि और सृष्टि (श्रीमती कल्याणी जैन)
4. नीरज काव्य में जीवन दर्शन (श्रीमती अरूणा दीक्षित)

इनके अतिरिक्त अनेक विश्वविद्यालयों के अनेक छात्र शोधरत

फिल्म लेखन

फिल्म जगत में पांच वर्ष की सक्रियता के दौरान रोशन, शंकर जयकिशन, एस0डी0 बर्मन, इकबाल कुरैशी, जयदेव, हेमन्त कुमार आदि अनेक प्रतिष्ठित संगीतकारों और देव आनन्द, राज कपूर, राजेन्द्र भाटिया, मनोज कुमार आदि के साथ काम करते हुए अनेक सुरुचिपूर्ण और साहित्यिक गरिमा से सम्पन्न गीतों की रचना करके एक नयी गीत शैली को जन्म दिया। 'नयी उमर की नयी फसल', 'कन्यादान', 'प्रेमपुजारी', 'मेरा नाम जोकर', 'चन्दा और बिजली', 'चा चा चा', 'आज और कल', 'छुपा रूस्तम', 'शर्मिली', 'पहचान', 'फरेब' आदि अनेक फिल्मों में गीत लिखे जो बेहद हिट हुए। फिल्मी गीतों के इतिहास में प्रथम बार किसी मुक्तछन्द कविता को गीत के रूप में प्रस्तुत किया गया और 'मेरा नाम जोकर' का वह गीत–ऐ भाई जरा देख के चलो.... ने अपार लोकप्रियता प्राप्त की।

www.ingramcontent.com/pod-product-compliance
Ingram Content Group UK Ltd.
Pitfield, Milton Keynes, MK11 3LW, UK
UKHW040619041026
15589UKWH00011B/194

9 789385 193729